I0534440

Édition Lios-Art ©

25 Auteurs Invités
se joignent à moi pour
vous apporter
25 histoires uniques
pour 25 jours de folie
au cœur de l'univers.

Série : LDDA

Les Dessous d'Apocalypse

Spécial Noël

Calendrier L'Avent 2023

Édition Lios-Art ©

Les Dessous D'Apocalypse

Tome 1
1re édition Mars 2023
Tome 2
1re édition Décembre 2023
Tome 3
2024
Tome 4
2025

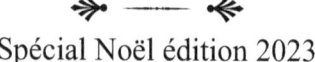

Spécial Noël édition 2023

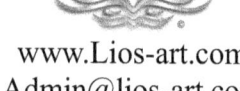

www.Lios-art.com
Admin@lios-art.com

Droit D'auteur

9 781998 905102

Décembre

2023

Les Dessous D'Apocalypse

Les 25 Auteurs participants en ordre de texte lié au jour du calendrier.

Intro & l'avant et l'après des histoires Lios Art ©
1- Josée Doucet
2- Alain Leclerc
3- Rose Plourde
4- Alexys Bourgeois
5- Joseph Abboud
6-Shana P.
7-Didier Roth
8- Antony Gallego
9- Stéphane Desroches
10- Martine Côté Autrice
11- Jeff Bouchard
12- Kane Fournier
13- Julien Léon
14- Josée Paquet Lesaffre
15- Rose Pierson
16- Cathy Gallardo Leday
17- Tamara Bourgeois
18- Julie Bourgeois
19- Aude Horrorbooks
20- Fabien Cardebook
21- Marie Winter
22- Nathalie Nogrette
23- Nancy Boucher
24- Pascale Lafrenière
25- Pascale Dupuis Dalpé
Épilogue - Lios Art

Conception et Écriture de l'univers
Des Dessous D'Apocalypse & Illustration par :

Lios-Art © (Aka : L. Bourgeois)

~ Dédicace ~

À mes chers compagnons de vie et de rêves,
C'est avec une immense gratitude que je dédie ce livre à tous
ceux qui ont eu le courage et la curiosité de me suivre à travers les dédales
de mes idées les plus excentriques et farfelues. Votre présence, votre
soutien indéfectible, ont été les piliers qui ont soutenu les fondations de
mes songes les plus audacieux.

Avec tout mon amour, je vous remercie du plus profond de mon
être de persévérer à mes côtés, de continuer à m'accompagner dans cette
aventure qu'est la vie, parsemée d'idées parfois étranges, mais toujours
teintées de passion et de créativité. Vous êtes les véritables héros de cette
histoire, ceux qui donnent vie à chaque ligne, à chaque paragraphe.

Aux acteurs de ce récit, je vous adresse une dédicace toute
particulière. Vous êtes les protagonistes qui peuplent ces pages, qui
insufflent l'âme à chaque mot. Que ce livre soit le reflet de nos moments
partagés, une odyssée où l'imagination se mêle à la réalité, et où chaque
lecteur devient complice de notre voyage commun.

Que cette œuvre vous transporte dans des mondes inexplorés,
vous inspire et vous enchante autant que votre présence continue de le
faire dans ma propre vie. Merci pour votre engagement, votre amitié et
pour faire de chaque chapitre de ma vie une aventure digne d'être
racontée.
Avec une affection infinie,

Lios-Art

www.Lios-art.com
Admin@lios-art.com

Prologue

Calendrier d'Avent d'Apocalypse

Le Bar Céleste était bondé de monde, une atmosphère électrique planant dans l'air. Apocalypse était devenue une conteuse régulière, chaque semaine apportant son lot d'histoires catastrophiques. Le bouche-à-oreille s'était répandu à travers tous les plans d'existence, attirant une foule diverse de tous les coins du cosmos.

Les Quatre Cavaliers de l'Apocalypse, habitués à la routine, attendaient impatiemment l'arrivée de leur sœur à chaque récit. À chaque tour de poignée, l'audience retenait son souffle, tournant tous les regards vers la porte d'entrée. Cependant, l'espoir était souvent écrasé lorsque la silhouette entrante n'était qu'un autre client avide d'entendre les récits d'Apocalypse.

La Mort, d'un regard scrutateur, examina l'horloge du destin suspendue au mur. Les secondes s'écoulaient, elle était en retard, beaucoup plus que d'habitude. Désolation se leva avec une attitude désespérée, déclarant que leur sœur les avait probablement plantés cette fois-ci. C'est alors que la porte s'ouvrit, suscitant une réaction collective dans la pièce.

Apocalypse fit son entrée, vêtue non pas de noir macabre, mais d'un rouge flamboyant, un bonnet sur la tête. Elle tenait quelque chose dans ses mains, attirant immédiatement l'attention de tous. Le barman, qui gardait un œil sur les nouveaux venus à travers le miroir derrière le comptoir, fut surpris de voir de telles couleurs dans son établissement. Il tourna si rapidement la tête pour mieux voir que la corne de son crâne accrocha la poupée vaudou de Joseph le malchanceux, la faisant valser dans l'assistance.

Estomaqué, il s'exclama, "Que diable faites-vous à ce bar?" Les murs de l'endroit se métamorphoseraient progressivement à mesure qu'Apocalypse pénétrait dans les lieux, agrémentant les murs de décorations festives et transformant les boissons en chocolat chaud. Ce qui aurait normalement irrité la clientèle ne provoqua aucune réaction, tant tous étaient captivés par le spectacle.

Le souffle du vent pénétrait par la porte, accompagné de flocons qui tourbillonnaient avant de se poser délicatement sur les surfaces, disparaissant aussitôt. Apocalypse, arborant un sourire radieux, fit une pirouette en ouvrant les bras, s'écriant, "Joyeux Noël à vous tous. Je vous ai apporté une surprise pour l'événement ce soir. Un calendrier de l'Avent."

Apocalypse, portant son bonnet rouge avec une pointe de malice, brandissait un calendrier de l'Avent orné de motifs célestes. Les cases numérotées scintillaient d'une lueur mystique, chacune renfermant une histoire unique à dévoiler et à vivre.

Elle plaça le calendrier sur une petite table au centre du bar, attirant tous les regards curieux. "Chaque case de ce calendrier révélera une nouvelle histoire de catastrophe, une anecdote insolite ou une aventure inattendue liée à la saison festive. Préparez-vous à être émerveillés, horrifiés et surtout divertis chaque soir jusqu'à Noël."

L'excitation se répandit dans la pièce. Les clients, habitués aux récits apocalyptiques, étaient curieux de découvrir comment ces histoires insolites se dérouleraient dans le cadre du temps des fêtes.

Apocalypse s'installa au centre de l'attention, invitant chacun à participer à ce calendrier unique. Les Quatre Cavaliers, initialement déçus par son retard, partagèrent un regard complice, sachant que cette surprise ajoutait une touche de magie à leur tradition habituelle.

Le barman, qui avait retrouvé sa poupée vaudou, ne pouvait s'empêcher de sourire devant l'énergie joyeuse qui enveloppait désormais son établissement. Les murs embellis de guirlandes, de boules et de bougies scintillantes, diffusaient une ambiance chaleureuse et l'odeur du chocolat chaud créait une atmosphère réconfortante.

La Porte de la Tempête Magique, qui aurait pu apporter le chaos, avait plutôt donné naissance à une célébration inattendue. Les histoires à venir, cachées derrière les cases du calendrier de l'Avent cosmique, promettaient une saison des fêtes pleine de surprises, de rires et peut-être même d'un soupçon d'apocalypse festive.

Dans un silence presque total, elle pointa son frère, La Peste, et lui fit signe d'approcher. Il s'avança immédiatement, demandant d'une voix intrigante : "Que dois-je faire?"

Avec un sourire énigmatique, elle répondit : "Tu commences l'ouverture des portes. Tu dois trouver le Jour 1 et l'ouvrir, elle te dévoilera ton histoire."

La Peste acquiesça, comprenant le rôle qui lui était assigné dans cette expérience unique. Il s'approcha du calendrier de l'Avent cosmique avec une anticipation palpable. Chacun retenait son souffle alors qu'il ouvrait la première petite porte numérotée.

Jour 1

Le cliquetis délicat du mécanisme résonna dans le silence, suivi du doux froissement du papier. La Peste, concentré, découvrit une petite histoire écrite avec des caractères célestes. Il la lut à voix haute, captivant l'attention de l'audience. "L'histoire du Jour 1." Apocalypse observait avec un regard satisfait alors que La Peste partageait l'histoire avec une éloquence inattendue. L'effet magique du calendrier se manifestait déjà, capturant l'imagination de chacun et les transportant au loin dans le monde des vivants.

Attaque Invisible

Euphoriques, Elsa et Anna ouvrent la première porte. Leur bonne humeur contagieuse, à l'approche des fêtes de Noël, est vite éclipsée.

Les cabines des rennes sont vides. Seuls des sanglots parviennent jusqu'à leurs oreilles, suivis du son dégoûtant d'un nez qui se vide dans un mouchoir.

"Hé ho? Il y a quelqu'un?" lance Anna.

Camouflé dans son traîneau à l'abri des regards indiscrets, père Noël tente par tous les moyens de calmer sa tristesse.

"Noël est gâché! Comment diable mon troupeau de rennes a-t-il pu disparaître de la sorte? Sans mes fidèles compagnons de route, comment vais-je faire la distribution de cadeaux?"

Du mouvement au sol le fait cligner des yeux.

"Nom d'un canard qui pleure," s'exclame-t-il en voyant ce qui semble être des souris.

Intrigué par ces petits êtres vivants, il en ramasse un délicatement qu'il porte à la hauteur de son visage.

"Mais ce n'est pas une souris!" s'exclame-t-il. Rudolph!

Le renne miniature éternue dans sa main. De fines gouttelettes pénètrent dans les narines du père Noël.

En une fraction de seconde, celui-ci se retrouve de la grosseur de l'animal.

"Désolé! Je ne voulais pas t'infecter."

"Mais qu'est-ce qui vient de se passer?"

"C'est le virus! Tous les rennes en sont atteints et maintenant toi aussi. Ça se répand aussi vite que la peste, mais je n'ai vu personne en mourir."

"Vite! Il faut trouver un remède."

Anna n'en revient pas de ce qu'elle vient de voir. Comment une personne de ce gabarit peut-elle disparaître aussi rapidement sans laisser de trace?

À la hâte, elle examine l'intérieur du traîneau. Ça fourmille de petites bestioles. L'une d'entre elles s'agrippe fermement à son pantalon.

Elle secoue violemment sa jambe pour faire tomber l'intruse. Elle s'apprête à l'écraser quand elle remarque les habits rouges.

"Mais qu'est-ce que c'est? Père Noël, c'est toi?" Du bout des doigts, elle le fait monter sur son épaule.

Ayant peur de la contaminer, Père Noël se recouvre le visage d'un mouchoir. Il court ensuite jusqu'à l'oreille de la jeune fille.

"De la tisane de feuille de gui, ça presse! Mon troupeau doit guérir avant le début de la distribution des cadeaux!"

Énervée, voyant l'urgence de sauver la fête de Noël, Elsa crie à sa sœur :

"Nous avons besoin de feuilles de gui et que ça saute! Préparation de breuvage chaud au plus vite pour sauver le bonheur des enfants le matin de Noël!"

En terminant sa phrase, elle se sent soudainement écrasée sous le poids démesuré du père Noël sur son épaule.

Paniqué d'avoir vu sa sœur devenir minuscule, Anna court dans tous les sens à la recherche des feuilles magiques.

Auteur : Josée Doucet

Pour les "Lien & information" sur l'auteur, allez à la fin du livre dans la dernière section.

Suite —

Apocalypse pointa son second frère, La Guerre, qui hésita en répondant. "Je vais passer mon tour."

Un murmure surpris parcourut l'audience alors que La Guerre refusait de participer à l'ouverture des portes. L'inattendu était une constante cette soirée-là, et cette décision inédite ajoutait une nouvelle dimension à la tension dans le Bar Céleste.

Apocalypse, toujours souriante, s'approcha de La Guerre et posa une main réconfortante sur son épaule. "C'est compréhensible, mon frère. Chacun a son propre rythme et sa façon de contribuer à cette expérience. Si tu veux, on peut passer directement au prochain numéro, mais tu vas manquer le bateau." Elle lui enfonça discrètement les ongles dans la chair, indiquant clairement son mécontentement et montrant qu'elle n'accepterait pas un refus.

Le cavalier fléchit légèrement l'épaule sous la douleur, cherchant à ne pas montrer sa souffrance, et répliqua. "Que dois-je faire? Ouvrir, celle d'à côté? La porte du jour 18?"

"Ne sois pas si paresseux. Tu sais quel jour suit le jour un, j'espère? C'est le jour 2.", demanda Apocalypse. Des murmures et des ricanements s'entendirent dans l'assistance parmi les bruits de chaises et de verres qui bougeaient. La pression était palpable, et l'intrigue de la soirée ne faisait que s'intensifier.

La Guerre tourna brusquement la tête pour aligner de ses yeux rouges de colère l'assistance d'où provenaient les ricanements qui s'arrêtèrent immédiatement en répliquant. "Bien sûr que je sais à quoi ça ressemble."

Apocalypse, qui relâcha sa prise, reprit. "Alors, comme au début, tu vas au calendrier et tu cherches la porte pour la page."

(Trouvez le Jour 2 dans le calendrier et allez à la page indiquée)

Jour 18

Sans prononcer le moindre mot, Apocalypse, d'un geste du bras, invita La Démence à se rendre au calendrier. Dans un mouvement d'apparence désorientée, elle tituba jusqu'à celui-ci et, d'un mouvement peu contrôlé, finit par mettre la main sur la porte 20.

La confusion s'empara de l'assistance alors que La Démence, avec son regard erratique, tentait de comprendre ce qui venait de se passer. Les murmures montaient dans le bar, chaque créature essayant de déchiffrer la tournure inattendue des événements.

Apocalypse, observant la scène avec un sourire énigmatique, s'approcha de La Démence. Elle murmura quelque chose à son oreille, une étrange incantation qui semblait osciller entre la lucidité et la folie. Sans perdre son air déconcerté, La Démence acquiesça et se prépara à ouvrir la porte 18, maintenant à la place du 20.

Le cliquetis du mécanisme résonna dans le bar, suivi du froissement caractéristique du papier. La porte s'ouvrit, dévoilant un autre épisode dans le récit. La pièce plongea dans l'anticipation, se demandant quelle étrange histoire allait se déployer à travers cette nouvelle ouverture.

Mère Noël au Fourneau

La mère Noël, vêtue de sa tenue rouge écarlate et coiffée d'un bonnet assorti, décida de faire des biscuits pour ses lutins acharnés au travail. Les lutins s'affairaient dans l'atelier, produisant jouets et cadeaux pour les enfants du monde entier. Mais la mère Noël savait à quel point ces petites créatures avaient besoin de réconfort et d'un petit plaisir sucré pour continuer leur dur labeur.

Elle se rendit dans sa cuisine, où les arômes de cannelle, de vanille et de chocolat dansaient dans l'air. La mère Noël commença à rassembler les ingrédients nécessaires pour ses délicieux biscuits. Elle prit un grand bol en porcelaine et y versa de la farine blanche comme la neige, du sucre cristallin, et une pincée de magie secrète, mais c'est là que tout commença; elle se trompa et mit de la poudre de fée.

Les lutins, intrigués par le parfum alléchant qui se répandait dans l'air, commencèrent à quitter leurs postes de travail pour rejoindre la mère Noël dans la cuisine. Ils s'entassaient joyeusement autour d'elle, regardant avec des yeux pétillants d'excitation.

La mère Noël sourit en voyant leur enthousiasme. "Mes chers lutins," dit-elle d'une voix douce, "aujourd'hui, nous allons nous régaler avec des biscuits tout spéciaux, rien que pour vous. C'est ma façon de vous remercier pour tout le travail acharné que vous faites pour rendre Noël magique."

Après s'être régalés de délicieux biscuits, tout droit sortis du four de la mère Noël, les lutins reprirent leur chemin en direction de l'atelier. Le ventre plein et le sourire aux lèvres, ils marchaient en groupe, chuchotant des remerciements sincères à la mère Noël pour ce doux réconfort.

Cependant, à mesure qu'ils s'éloignaient de la cuisine et que l'excitation des biscuits se dissipait, une ambiance étrange commença à s'installer parmi les lutins. Leur démarche devint soudainement plus légère et les conversations déviaient vers des sujets de plus en plus loufoques.

Un lutin, nommé Grincheux, décida de porter une énorme carotte sur la tête en guise de chapeau, prétendant qu'il était le "Roi des Lapins." Les autres lutins éclatèrent de rire en le voyant et, bientôt, ils cherchèrent des accessoires absurdes à ajouter à leurs tenues. Certains portaient des cuillères en bois en guise de lunettes, d'autres s'étaient emparés de clochettes et les attachaient à leurs chaussures pour créer un tintamarre de plus en plus comique.

Ils commencèrent à chanter des chansons farfelues, à danser en faisant des mouvements extravagants et à imiter les bruits des animaux de la forêt, suscitant des éclats de rire encore plus forts. Les lutins avaient complètement abandonné leur sérieux et se laissaient emporter par leur imagination débordante.

Le père Noël les accueillit avec un sourire complice. Il savait que, de temps en temps, un peu de folie était nécessaire pour garder l'esprit de Noël bien vivant. Les lutins se remirent au travail avec une énergie renouvelée, portant en eux la douce magie de cette parenthèse loufoque, qui les aiderait à produire des jouets encore plus spéciaux pour les enfants du monde entier.

Auteur : Julie Bourgeois

Pour les "Lien & information" sur l'auteur, allez à la fin du livre dans la dernière section.

Suite —

D'un sourire ravi, La Démence alla se rasseoir, soutenue par son frère, La Folie. Ensemble, ils représentaient bien une bonne partie de l'histoire humaine. À cette simple idée, Apocalypse sourit. Quand La Folie ou La Démence n'étaient pas le talon d'Achille de l'homme, c'était La Corruption. De ce fait, elle haussa le ton et réclama sa présence.

On entendit donc son nom circuler de lèvres en lèvres. "Avez-vous vu Corruption?"

(Trouvez le Jour 19 dans le calendrier et allez à la page indiquée)

Jour 1 2

D'un mouvement vif, La Haine s'empara du poignet d'Apocalypse de manière menaçante. Apocalypse observa cette main qui enfonçait progressivement ses ongles dans sa chair, accentuant lentement la force de sa prise. Affichant un sourire machiavélique en coin et relevant lentement le regard, la conteuse d'histoire fixa La Haine droit dans les yeux et demanda : "Tu veux jouer à ça, là, et maintenant?"

Parmi l'auditoire, on entendit des murmures d'appréhension, des exclamations surprises. La Haine tourna lentement sur son tabouret, le grincement métallique du poteau sur son socle retentit. Il augmenta la pression de sa prise.

D'un mouvement vif, Apocalypse se lança avec son bras libre pour administrer une correction royale à son agresseur. Cependant, La Haine avait anticipé le geste et attrapa le bras au vol, l'arrêtant juste avant l'impact. Apocalypse, surprise, tenta à plusieurs reprises de se dégager, mais La Haine ne céda pas. Il se contenta de lui retourner un sourire satisfait, accompagné d'un petit rire intérieur moqueur.

Les anciens amants se connaissaient par cœur. À la stupéfaction de l'auditoire, Apocalypse et La Haine se laissèrent glisser dans un tango rythmé par la rage et la colère. À mi-chemin entre une complicité d'amour passionné et un désir ardent, la chorégraphie s'altéra après un moment devant le fameux calendrier des fêtes. La pièce cosmique était maintenant le théâtre de cette danse tumultueuse, laissant les spectateurs médusés.

Dans un mouvement de révérence sous les acclamations, La Haine resta penché au lieu de se redresser. Il dirigea son attention vers le calendrier, son visage dissimulé derrière le panneau des jours. On l'entendit murmurer : "Je déteste ça, c'est nul!" tout en laissant son doigt gambiller au rythme du mécanisme qui s'enclencha.

Haine... & Noël...

"Quelle heure est-il ?" demanda l'un des elfes à son camarade.

"Bientôt l'heure de remplir le traîneau avec tous les cadeaux."

"Est-ce qu'on va être dans les temps?"

"On devrait!"

"ON DEVRAIT!?"

"Parle à Riquiqui, tu comprendras mieux."

L'étape la plus difficile, cette année, apparemment, était d'assembler les jouets, de fabriquer les robots et de remplir les oursons en peluche. Personne ne savait la véritable raison de ces ralentissements, mais tous se doutaient que l'un d'entre eux traînait derrière les autres. Un fainéant, un lâche qui ne vaquait pas à ses occupations. Plutôt que de créer de nouveaux jouets, il comptait inutilement les épines d'un sapin vert pour être sûr qu'il n'en manquait aucune.

"T'es sûr qu'on va y arriver?" redemanda l'elfe encore inquiet.

"AH! Je ne sais plus!" s'exclama l'elfe chargé de l'atelier. "Je ne sais plus. Riquiqui a été trop lent cette année."

Il se laissait facilement déranger avec le moindre flocon tomber à la fenêtre; Riquiqui s'endormait rapidement à sa table; il se rongeait sans cesse les ongles et se pognait littéralement le pompon de la tuque.

"On va être dans le tracas," s'exclama l'elfe. "Si le père Noël apprend ça…"

Riquiqui avait fait des siennes. Il détruisit les boules de décoration des sapins; il éventra les bas accrochés aux cheminées des maisons de ses camarades; il décapita les oursons et les toutous et les vida de leurs peluches. L'elfe était rempli de rage.

"RIQUIQUI? Mais qu'est-ce que t'as fait?" s'écria le chef des elfes.

"Bah, Noël... C'est nul! N-U-L!"

Tous les elfes étaient abasourdis par cette exclamation. Un elfe de Noël... qui détestait Noël. Débats, conflits et bagarres s'installèrent alors dans l'atelier. Les elfes s'approchèrent de Riquiqui avec rubans et *scotch tape* en main.

"Tu as ralenti toute l'équipe!" s'exclama l'elfe chargé de l'atelier.

"Et alors?"

"Et alors!? Alors tu mérites ce qui va t'arriver."

Les elfes s'exécutèrent. Ils attachèrent Riquiqui avec les rubans et emballèrent l'elfe dans des papiers cadeaux.

Certains manifestèrent quelques coups de poing pour le ralentir et l'endormir. Riquiqui échoua au sol. Son corps entier tomba sur le plancher. Un arbre de Noël tomba sur lui. Il était recouvert par les branches et les décorations.

"Emmenez-le et emprisonnez-le pour qu'il ne sorte pas!" ordonna l'elfe.

"Mais c'est Noël!" répondit un des elfes.

"Il sortira demain" poursuivit-il.

Les elfes obéissaient au doigt et à l'œil. Chacun des ordres qu'il donnait était exécuté.

Ils bousculèrent le sapin et emmenèrent Riquiqui à sa chambre. La porte verrouillée derrière lui, il ne pourra pas en sortir jusqu'au lendemain.

Un chant de Noël était diffusé en continu dans la chambre de Riquiqui.

"Écouter les clochettes

Du joyeux temps des fêtes

Annonçant la joie de chaque cœur qui bat

Au royaume du bonhomme hiver

Sous la neige qui tombe,

Le traîneau vagabonde (…)"

Les elfes avaient enfermé leur camarade pour lui remonter le moral, lui redonner le goût de Noël. Plusieurs fois, le rythme des fêtes résonnait dans sa chambre.

Au réveil, le lendemain de Noël, Riquiqui était réparé. Un sourire lui fendait le visage. Les elfes avaient réussi à convaincre leur camarade de ne pas rester paresseux plus longtemps. Enfin, Riquiqui pouvait être plus productif pour le reste de l'année…

Jusqu'à preuve du contraire…

Auteur : Kane Fournier

Pour les "Lien & information" sur l'auteur, allez à la fin du livre dans la dernière section.

𝓢uite —

𝕬pocalypse toisa La Haine qui était resté penché devant le calendrier tout au long du récit et demanda, "Et puis, c'était pas si nul que ça, finalement?"

Sans bouger le moindre, muscle, l'Amant d'une époque lointaine répliqua :" Je ne pourrais pas dire exactement. Il est vrai que je l'aurais peut-être remis en dernier."

Le regard d'Apocalypse n'avait pas lâché des yeux le postérieur de La Haine. Quand elle se ressaisit, elle lui administra une claque au cul en disant : "Bon! Allez vieux bougon! Va te rasseoir. Tu as assez fait attendre le groupe! "

C'est là que…

(Trouvez le Jour 13 dans le calendrier et allez à la page indiquée)

Jour 7

Apocalypse, au centre de la pièce, interrompit brusquement le flux magique en cours. Son regard sombre balaya la pièce, imposant une pause dans l'effervescence envoutante. "Je suis désolée, mais nous allons arrêter cela ici," déclara-t-elle d'une voix autoritaire, cherchant à ramener un peu d'ordre dans la dimension tumultueuse qui s'était ouverte.

Cependant, Désolation, distraite par le désordre et la perspective de la prochaine porte, n'entendit que partiellement les paroles d'Apocalypse. Croyant avoir entendu son nom, elle se leva précipitamment, prête à ouvrir la prochaine porte vers l'inconnu. Ses doigts pressèrent le mécanisme délicat de la porte suivante et le cliquetis résonna doucement dans le silence.

Un frisson parcourut la pièce alors que la porte s'ouvrait, révélant une nouvelle vision de l'inconnu. Le doux froissement du papier ajouta une note d'anticipation à l'atmosphère. Tous étaient prêts à plonger dans la prochaine aventure et se tournèrent vers la porte, leurs regards reflétant une curiosité avide.

Qeqertarsuaq/Groenland

Sans contemplait la mer, rêveur, il s'imaginait voguer sur l'océan Arctique, slalomer entre les icebergs du pôle Nord, saluer les baleines à bosse avant de déverser au village le fruit de sa pêche miraculeuse.

Il souhaitait profiter au maximum de ce court temps de répit, car bientôt son père, Jens le Vieux, l'appellerait pour le ramassage du bois; ensuite il aiderait sa mère Karen à dépecer la peau d'un Nerval, ramené par l'équipage dirigé par son frère Niels, le couper en petits bouts et le laisser sécher pour le Mattaq. Le garçon en saliva d'avance!

Alors qu'il s'apprêtait à descendre de son promontoire, les yeux de l'enfant capturèrent une boule argentée dans le ciel. Ce fut si fugace que Hans crut l'avoir imaginée. Et pourtant, sans trop savoir pourquoi, son humeur changea.

Brusquement, il se remémora ce terrible 24 janvier, ce maudit jour où son père n'avait pas vu sa petite sœur, Ane, embarquer sur le *Earth of Disko*, un nom bien pompeux pour un tel rafiot. Il avait suffi d'un simple coup de vent pour que la petite panique, sorte de la cale, se précipite sur le pont et qu'une vague un peu plus forte que les autres ne l'engloutisse. Le vent discordant avait happé les hurlements de la fillette et, lorsque Jens avait aperçu le minuscule corps se débattre dans la houle, il était trop tard. Bien sûr, il plongea, sans écouter son équipage, le cœur tambourinant contre sa poitrine, affrontant le froid et les éléments, mais en vain. Lorsqu'il la ramena, son cœur avait cessé de battre.

Cela faisait longtemps que le garçon n'avait plus pensé à cette tragédie. Il devait se reprendre, la nuit allait bientôt tomber.

Hans dévala la colline et se dirigea vers la côte pour retrouver ses parents avant de stopper net. Les yeux écarquillés, la bouche grande ouverte par le tableau qui se dressait devant lui : tous les pêcheurs, son père inclus, se tenaient près de la mer, le regard éteint vers l'horizon, enserré dans un brouillard invisible, statufiés; seule l'épaisse chevelure de l'oncle Peter ondulait sous le souffle du vent. Le garçon resta quelques secondes à les observer avant de reprendre ses esprits. Il devait voir si sa mère, à l'intérieur de la maison, était victime du même sortilège.

Hans courut et ouvrit la porte à la dérobée. Il trouva sa mère figée également, les yeux embués de larmes. Il se précipita alors vers elle et l'entendit psalmodier en boucle le prénom de sa sœur. Du bout de ses graciles doigts, Hans essuya les larmes de sa mère et précautionneusement la sortit rejoindre son mari et ses amis, toujours occupés à scruter le glacier Lyngmark. Soudain, ils entonnèrent à voix basse mais profonde une litanie en souvenir d'Ane en cette veille de Noël.

Auteur : Didier Roth

Pour les "Lien & information" sur l'auteur, allez à la fin du livre dans la dernière section.

Suite —

Désolation, abattue par l'énergie qui l'avait portée, retourna s'asseoir avec un air résigné. Pendant ce temps, Apocalypse se dirigea vers le bar, sollicitant l'aide du Minotaure, la mascotte Joseph dans les mains.

"Peux-tu le remettre sur sa tablette pour éviter qu'il ne lui arrive d'autres mésaventures aujourd'hui?" demanda-t-elle d'une voix empreinte de préoccupation.

Le Minotaure, dont les yeux pétillaient d'une lueur rougeâtre, observa la poupée avec méfiance. Ses mains massives, ornées de cornes acérées, manipulèrent la petite figurine avec une délicatesse surprenante pour une créature de sa stature.

Un silence pesant s'installa dans la pièce alors que tous les regards étaient rivés sur le Minotaure. Soudain, il fit une grimace, ses narines frémissantes comme s'il avait détecté quelque chose d'inhabituel. Aussitôt qu'Apocalypse détourna le regard, d'un geste puissant, il balança la poupée par-dessus son épaule dans un coin sombre derrière le comptoir.

(Trouvez le Jour 8 dans le calendrier et allez à la page indiquée)

Jour 24

Apocalypse tendit le calendrier au Cavalier. D'un ton abattu, elle lui dit : "Tiens, prends-le. Qui sait? Il n'est peut-être pas complètement mort." La main osseuse du Cavalier émergea de la manche brumeuse de son manteau pour saisir l'artefact. Une voix ténébreuse, émanant des profondeurs des enfers, s'éleva, déclarant : "Je vais faire appel à l'une des forces de la nature après avoir ouvert le chemin en direction de la veille de toutes les fêtes."

Il ouvrit la porte dans un silence funèbre, un écho de désolation résonnant dans le mécanisme déchu. Les engrenages, autrefois vibrants de vitalité, semblaient maintenant figés dans une mélodie macabre. Le papier, jadis

43

frémissant d'énergie, refusait obstinément d'émettre le doux cliquetis qui annonçait les récits passés.

Tel un murmure morbide, un cri de douleur s'échappa de la porte, créant une cacophonie discordante qui semblait provenir des tréfonds de l'obscurité. La porte, autrefois fière gardienne des mystères du calendrier, noircit progressivement, son essence se dissipant comme une âme perdue dans l'au-delà.

Lorsqu'elle s'effondra, elle le fit avec la dignité déchue d'une feuille morte tombant de l'arbre de la vie. Le bruit fut un dernier soupir, laissant une atmosphère lourde imprégnée de la décrépitude avancée du calendrier.

Une ombre sinistre s'étendit, étouffant la lueur fragile qui restait. Elle enveloppa l'instant d'une obscurité épaisse, laissant présager une fin incertaine.

Un Étrange Festin

Des souris dorées extraterrestres, issues d'un monde inconnu, étaient venues sur Terre dans le dessein de créer une armée de soldats radioactifs en vue de prendre le contrôle de l'Humanité. Leur vaisseau avait atterri au cœur d'un petit village nordique.

Marcus l'elfe se distinguait en tant que citoyen le plus rassembleur du village de Saint-Nicolas. Les souris avaient pour mission de s'introduire dans le corps de Marcus et de sa femme Brenda, afin d'initier leur transformation. C'est pourquoi ces rongeurs dorés ont choisi d'attirer l'attention d'Oscar le chat, le cuisinier du foyer. Le bout du nez dans la fenêtre, ils utilisent leurs yeux lumineux pour l'exciter. Son instinct animal le poussa à se glisser par la porte du salon restée entrouverte. Ne connaissant pas la gravité des conséquences, Oscar chassa les petites créatures.

Plus tard dans la soirée, la famille Cafer était attablée pour le dîner. Marcus et Brenda dégustaient un délicieux ragoût préparé par leur chef, ignorant les ingrédients. Oscar, le chat, avait lui-même pourchassé les éléments de ce repas, qui avait mijoté pendant plusieurs heures.

Marcus et Brenda décidèrent de donner les restes de leur souper, composé des souris, aux plus démunis du patelin. Ils ne se doutaient pas que ce repas serait leur dernier, annonçant la catastrophe imminente dans ce monde…

Les elfes du village tombèrent en transe, perdant conscience de la réalité. Ils ne se souviendraient plus de leur vie antérieure, parfaite et sans embûche. Nul n'avait de mémoire de leurs années à travailler avec le gros barbu dans l'atelier, à fabriquer des jouets. Les souris avaient pris possession de leurs corps et de leurs esprits, les privant de toute trace d'humanité. Manipulés par le parasite, tous les elfes du village se dirigèrent vers le vaisseau où les attendait le commandant extraterrestre Onix pour gouverner les troupes.

Les nouveaux soldats radioactifs s'entraînaient sans relâche pour prendre le contrôle de la Terre et de toute forme de vie. Il ne resterait que très peu d'eau et de nourriture sur la planète.

Si leurs plans machiavéliques réussissaient.

Auteur : Pascale Lafrenière

Pour les "Lien & information" sur l'auteur, allez à la fin du livre dans la dernière section.

Suite —

La Mort elle-même fut ébahie lorsque le récit s'éteignit.

La voix abyssale émana à nouveau de l'ombre de son capuchon. "L'heure est venue de faire appel à une force ancienne, une magie oubliée depuis des éons." Une aura sombre commença à s'élever autour du Cavalier de la mort.

Des crânes se faufilèrent parmi les clients, laissant derrière eux une brume de soufre qui les enveloppait. Leurs orbites vides émettaient une lueur sinistre, accentuée par la pâleur cadavérique de leurs visages décharnés. Un frisson parcourut l'assemblée à leur passage, car ces crânes semblaient être les messagers de l'Au-delà.

Le Cavalier déploya son pouvoir, appelant une force de la nature qui résidait au-delà des limites du récit.

La porte de l'établissement s'ouvrit.

(Trouvez le Jour 25 dans le calendrier et allez à la page indiquée)

Jour 5

Destruction, maintenant au centre de l'attention, frappa du poing sur la poupée vaudou, faisant flancher les pattes de la table qui s'écroula au sol, emportant Joseph dans sa déchéance. La créature au corps d'homme et à tête de licorne se leva, l'écho de ses pas résonnait dans la pièce, d'un geste brutal, il prit le calendrier des mains de Rébellion avec un sourire malfaisant.

Un rire sinistre résonna dans la pièce alors que Destruction, se pencha pour ramasser la poupée vaudou défaite. La scène était prête pour une transformation radicale.

Destruction leva la poupée vaudou, la fixant d'un regard intense. D'un geste rapide, il déchira une des extrémités, symbolisant ainsi le début d'une nouvelle narration sous le regard fâché d'Apocalypse. Sa corne luisait d'une lueur sombre, amplifiant le côté obscur de ce récit. Rébellion, toujours à ses côtés, semblait approuver la tournure des événements.

"Le jour 5 apporte une alliance inattendue," déclara la créature mi-homme à tête de licorne d'une voix hypnotique. "Les éléments sombres et magiques se fondent dans une danse envoûtante."

Le calendrier s'ouvrit devant eux, révélant une nouvelle réalité fantastique. Des portails s'ouvrirent, connectant des mondes au-delà de l'imagination. Destruction, avec la poupée vaudou déconstruite, commença à tisser une trame complexe où l'humour se mêlait à la dévastation, créant une atmosphère chargée de tension et de mystère.

C'est la Faute au Lapin de Pâques

C'est au pôle Nord qu'on retrouve le Royaume du père Noël. Cet endroit est protégé de toutes malédictions maléfiques et de toutes catastrophes. Le secret est très bien caché. Seul le père Noël le connaît. Cependant, cette journée-là, quelqu'un a laissé entrer le mal dans le Royaume…

Tout a commencé le 1er novembre 2023. Le père Noël a embauché une nouvelle lutine. Il s'agit d'une jeune fille de 12 ans prénommée Alicia. Eh oui, même le père Noël manque d'employés, et comme c'est un travail bénévole, il est obligé de recruter du personnel de plus en plus jeune. La façon de procéder est toute simple. Il regarde son miroir magique et celui-ci choisit quelqu'un qui croit encore en la magie de Noël.

"Ho, ho, ho, je t'ai choisi toi, Alicia Bertrand, tu deviendras ma nouvelle lutine."

Sitôt, elle apparut au Royaume et ne vit nul autre que le vrai père Noël. Elle crut rêver!

Une semaine plus tard, le père Noël annonça à ses employés une terrible nouvelle.

"Je dois m'absenter! Le lapin de Pâques est gravement malade! Je dois aller m'occuper de lui fabriquer son chocolat, sinon il n'y en aura pas pour tous nos amis à Pâques prochain. Vous, vous devez continuer de fabriquer les cadeaux de Noël, comme d'habitude."

Et il partit en vitesse. Tous les lutins continuèrent leur travail. Mais, Alicia eut une autre idée.

"Et si j'aidais le père Noël en faisant le ménage? Comme ça, il sera content à son retour, pensa-t-elle."

C'est ainsi qu'elle se faufila au sous-sol de l'atelier. Dans cet endroit, elle vit beaucoup de vieux jouets. Ces jouets ne servaient à rien, pensa-t-elle. Les enfants d'aujourd'hui veulent de l'électronique, des ordinateurs, des cellulaires. Ils n'ont rien à faire avec un vieil ourson en peluche auquel il manque une oreille en plus. Il semblait juste bon pour la poubelle. C'est ainsi qu'elle s'amusa à massacrer l'ourson avant de tout nettoyer. Elle passa l'aspirateur. Voilà, elle se dit que le père Noël sera très heureux à son retour.

Cependant, lorsqu'elle remonta dans l'atelier, elle vit que les lutins avaient de la misère à travailler. L'un se coupa avec son outil de travail. Le sang commençait à couler et il cria de douleur. L'autre commençait à danser sans pouvoir s'arrêter. Il bousculait ses collègues, échappa tous les cadeaux, les livres, les consoles de jeux vidéo, le matériel de cuisine. Mais, que se passait-il?

Alicia tenta de remettre de l'ordre. Elle ordonna à ses collègues d'arrêter de niaiser. Ce n'était pas le moment de faire des farces plates. Mais, voyant leur regard, elle comprit que ce n'était pas une blague, et elle se mit à pleurer.

Lorsque le père Noël arriva une semaine plus tard, il était éberlué.

"Mais…"

"Je ne comprends pas père Noël, j'ai voulu vous aider à faire le ménage du sous-sol et…"

"QUOI ? Qu'as-tu? NON! DIS-MOI QUE TU N'AS PAS TOUCHÉ À L'OURSON MAGIQUE?"

"Euh…"

"IMBÉCILE!"

Le père Noël avait le goût de frapper un enfant pour la première fois de sa vie.

Auteur : Joseph Abboud

Pour les "Lien & information" sur l'auteur, allez à la fin du livre dans la dernière section.

Suite —

Apocalypse, impatiente et mécontente de ne pas être au centre de l'attention, attendit que Destruction ait achevé son récit avant de passer à l'action. Une fois le dernier mot prononcé, elle s'avança d'un pas déterminé, fixant Destruction d'un regard glacial.

"Tu as eu ton moment, Destruction, mais il est temps de ramener un peu d'ordre dans ce chaos." Sa voix résonnait avec une autorité indéniable, captivant l'attention de toutes les créatures présentes.

D'un geste rapide, Apocalypse arracha la poupée vaudou des mains de Destruction. Un rictus sardonique étira ses lèvres alors qu'elle murmura une incantation ancienne, déclenchant un pouvoir mystérieux. Une énergie obscure enveloppa la poupée et, par extension, le malheureux petit Joseph.

L'air s'épaissit de magie, les portails se refermèrent, les créatures observèrent avec fascination le bras blessé de Joseph se redresser lentement. Cependant, la magie d'Apocalypse était teintée de son propre sens de l'humour pervers. Même restauré, le bras de Joseph pendait toujours de manière grotesque, créant une image absurde et comique.

"Voilà, tu as ce que tu voulais, Destruction. Mais n'oublie jamais qui détient le vrai pouvoir ici." Apocalypse lança un regard défiant à Destruction, puis, d'un geste théâtral, elle pointa Malédiction.

(Trouvez le Jour 6 dans le calendrier et allez à la page indiquée)

Jour 20

Apocalypse se sentait nostalgique dans cette aura de perfidie. Elle regarda la case du jour présent qui l'appelait inexorablement. Il ne restait que cinq autres histoires après celle-ci et elle voulait y goûter à son tour. Comme dans une transe, elle déploya son bras, étirant ses longs doigts sur la devanture du calendrier, caressant les quelques jours restants. Elle voulait s'offrir un cadeau. Les témoins de la scène prirent peur.

Si La Corruption arrivait à leur infliger de telles émotions, qu'adviendrait-il si la grande Apocalypse se laissait tenter? Mais avant que quiconque puisse s'interposer, elle avait déjà saisi le recoin et, tel un baiser volé au passage, le mécanisme chanta ses louanges.

La Voûte

Lorsque la porte de la Nostalgie s'ouvre, un sentiment de mélancolie s'empare du pôle Nord.

Ce jour-là, au pôle Nord, une atmosphère feutrée enveloppait la région à l'approche de Noël. C'était un endroit magique où les aurores boréales dansaient dans le ciel étoilé, illuminant la toundra de teintes célestes. Les rennes, prêts à tirer le traîneau du père Noël, paissaient paisiblement dans la neige scintillante. Cependant, cette année, quelque chose d'inhabituel flottait dans l'air.

La voûte des lettres de Noël dernier était restée ouverte. Un éclat de magie ancienne en émana, plongeant le pôle Nord dans une douce mélancolie. Les elfes qui s'affairaient d'habitude avec enthousiasme semblaient perdus dans des pensées lointaines, évoquant des souvenirs d'époques révolues.

Le père Noël, d'ordinaire jovial, contemplait son atelier avec une lueur de tristesse dans ses yeux. Une mélodie ancienne, douce et nostalgique, s'échappait de la porte, entraînant chacun dans un voyage mental vers des Noëls passés.

L'atelier du père Noël était rempli de jouets exquis mais, cette année, il y avait quelque chose de différent. Les jouets semblaient porter l'empreinte d'une époque révolue tout droite sortie du passé, rappelant des émotions et des souvenirs enfouis au plus profond de l'esprit des elfes.

Rudolph, le renne au nez rouge, se tenait à l'écart, perdu dans ses pensées. Ses yeux reflétaient ses souvenirs d'une époque où il était jeune quand le monde était empli d'une innocence pure. Il se souvenait des premiers Noëls, de l'excitation palpable dans l'air alors qu'il se préparait à tirer le traîneau.

La magie des anciennes lettres de Noël qui s'échappait évoquait des images de rires, de chants de Noël et de feux de cheminée crépitants. Les elfes se rassemblèrent autour de la porte, captivés par les souvenirs qui les enveloppaient.

Certains se remémoraient des câlins chaleureux, tandis que d'autres se perdaient dans le doux parfum des biscuits fraîchement cuits.

Pendant ce temps, la mélodie résonnait dans tout le pôle Nord, touchant chaque coin de l'atelier du père Noël. La magie de Noël imprégnait l'air mais, cette fois, elle était imprégnée de la douce tristesse de la nostalgie.

Le père Noël, voyant l'effet de la porte sur son équipe dévouée, se leva et s'approcha. Il posa une main réconfortante sur l'épaule d'un jeune elfe qui semblait submergée par l'émotion.

"Parfois, mes amis, la magie de Noël réside dans les souvenirs que nous créons et chérissons." Déclara le père Noël d'une voix douce. "La magie de la voûte nous rappelle d'où nous venons et la beauté des moments partagés."

Les elfes, bien que touchés par la mélancolie, commencèrent à sourire. Ils réalisèrent que chaque année ajoutait une nouvelle couche de souvenirs dans son antre, créant ainsi une riche histoire de Noëls passés avant de le rabattre.

Alors que la porte se refermait lentement, le pôle Nord retrouva son ambiance festive. Les elfes reprirent leur travail avec une nouvelle appréciation pour le présent, tout en chérissant les souvenirs gravés dans leur cœur.

Le père Noël, montant sur son traîneau, sourit en contemplant le ciel étoilé. La magie de Noël résidait dans la capacité à embrasser la nostalgie tout en créant de nouveaux souvenirs, et cette année serait une page de plus dans le livre enchanté de Noël.

Auteur : Fabien Cardebook

Pour les "Lien & information" sur l'auteur, allez à la fin du livre dans la dernière section.

Suite —

Il y avait eu plus de peur que de mal. Apocalypse n'avait pas engendré un vent de destruction. La Peur, née dans son essence même, au plus profond des cœurs stagnants, avait retenu son souffle. Apocalypse, toujours en transe, perdue dans ses pensées, ne réagit point à la conclusion de l'histoire. Arborant un sourire de satisfaction, entrelacé d'une expression à la frontière de la naïveté, elle semblait être la seule à connaître les secrets enfouis dans les méandres du calendrier.

(Trouvez le Jour 21 dans le calendrier et allez à la page indiquée)

Jour 3

Famine se leva avec une lenteur exacerbant, chaque membre de son corps squelettique craquant comme un bâton de bretzel, suivi de gémissements de douleur. L'ombre elle-même n'arrivait pas à se cacher de la lumière, tellement il était maigre et sec. Il passa à côté de sa sœur sans déplacer le moindre courant d'air, afin de chercher le 3e jour, sous les regards impatients des spectateurs.

Chaque pas de Famine semblait résonner dans le silence du Bar Céleste, accentuant son aura décharnée. Il parcourut la courte distance jusqu'au calendrier de l'Avent cosmique, ses doigts osseux explorant soigneusement les numéros jusqu'à ce qu'il trouve la porte du Jour 3.

Le cliquetis familier du mécanisme se fit entendre, suivit du froissement caractéristique du papier. Famine prit une inspiration laborieuse, ses yeux caves parcourant rapidement les lignes de l'histoire du Jour 3.

Le Noël de la Gourmandise Déchue

Il existe une légende selon laquelle un lutin, tout comme un ange, peut devenir un lutin déchu. Les lutins qui ne respectent pas les règles de la fabrique de jouets peuvent se transformer en affreux monstres qui, au lieu de créer, détruisent.

Le père Noël donnerait 24 avertissements et, au 25e, la malédiction du lutin déchu s'abattrait sur le malheureux jusqu'après Noël…

***

Ce matin-là, tout se passait bien à la fabrique. Les calendriers de l'Avent avaient été entamés et la magie de Noël régnait parmi petits et grands. Les lutins travaillaient fort à la production des jouets et des sucreries. En ce 3 décembre, Noël arriverait en un rien de temps!

"Sucrette, combien de fois faut-il que je t'avertisse que tu ne peux pas manger 3 biscuits par jour? La règle est claire, seulement une sucrerie par jour. C'est la 24ᵉ fois que je t'avertis."

Les lutins se regardèrent, terrifiés. Tous connaissaient la légende du lutin déchu.

"Tu connais la règle? Si j'ai à t'avertir une 25e fois, tu ne pourras plus revenir dans l'atelier avant la fin des fêtes de Noël," continua le père Noël.

On entendait murmurer de partout.

"Aller, on reprend le travail, ce n'est qu'une légende, cria le lutin en chef."

En début d'après-midi, Tincelle, la lutine responsable de la fabrication des oursons en peluche, laissa tomber la peluche qu'elle avait en main. Elle avait le visage tout blanc.

"Que se passe-t-il Tincelle?" s'inquiéta Blabla.

"Su Su Sucrette…"

Blabla regarda en direction de Sucrette et s'aperçut qu'elle était en train de manger une bûche de Noël en cachette. Il changea à son tour de couleur.

On entendit la voix du père Noël au loin :

"SUCRETTE! C'est ton 25e avertissement, je vais te demander de sortir maintenant de l'atelier."

Les lutins étaient tous figés. Personne n'avait jamais entendu le père Noël crier et personne n'avait reçu le 25e avertissement depuis des centaines d'années.

"Pouf!"

Sucrette disparut de l'atelier. Les lutins se remirent à travailler. Rien ne s'était passé.

Après quelques heures, la peur finit par quitter l'esprit des lutins. Aucun événement terrifiant! Tout cela n'était sans doute qu'une légende.

***

Sucrette réapparut dans une petite ruelle. Elle était affamée. Elle pouvait sentir les friandises à des kilomètres.

La légende était bien vraie, Sucrette n'avait pas respecté une règle reliée au péché de la gourmandise. Un lutin déchu atteint de ce péché ne peut s'arrêter de manger. C'est ainsi que, sans contrôle, Sucrette mangea les bonbons et chocolats de toutes les maisons pendant la nuit.

***

Au réveil, plus aucune sucrerie.

Les parents sont en panique, les enfants pleurent, les lutins sont sous le choc. Même l'atelier du père Noël est vide de toute confiserie.

Au fond de l'atelier, dans un coin sombre, un lutin tout noir aux longues dents lèche le reste de crème sur ses doigts.

"Te voilà Sucrette," s'écria le père Noël rassuré de l'avoir retrouvée avant Noël.

D'un claquement de doigts, il l'enferma dans une cage de cannes en sucre magiques.

En espérant qu'elle tienne jusqu'à Noël…

Auteur : Rose Plourde

Pour les "Lien & information" sur l'auteur, allez à la fin du livre dans la dernière section.

Suite —

La réaction de Famine à cette histoire inhabituelle était presque imperceptible, un sourire en coin apparaissant brièvement sur son visage émacié. Il retourna vers sa place, reprenant mollement son siège, tandis que l'audience attendait avec une curiosité grandissante ce que la suite de cette soirée cosmique leur réserverait.

La Mort anticipait d'être le prochain sur la liste et se leva quand il entendit. "Non, non. Toi, ça va être plus tard. Des plans que tu tues tout le monde." Sa sœur venait de le relayer au banc des punitions. Les pointant l'un après l'autre, elle dit : "Bon, qui sera le prochain?" Les mains se levaient haut dans les airs, criant chacun leur tour. "Moi! Moi! Choisis-moi!"

Sans avoir donné son accord, le Minotaure au bar ramassa la poupée Joseph et s'écria : "J'ai une idée. Celui qui attrape Joseph est le prochain." Et sans plus attendre, il lança Joseph dans la foulée.

Le Bar Céleste devint un champ de bataille amical, les clients se précipitant pour attraper la poupée vaudou en criant et en riant. Joseph vola d'une main à l'autre, esquivant habilement les tentatives de capture.

(Trouvez Jour 4 dans le calendrier et allez à la page indiquée.)

Jour 1 6

Apocalypse se rapprocha discrètement. Elle lui chuchota à l'oreille : "Tu dois faire la paix avec l'une ou l'autre de tes personnalités et la porte se révélera à toi d'elle-même. Pourtant, tu devrais savoir qu'on ne peut trouver une sortie si l'on est en conflit personnel."

Rupture soupira en déclarant : "Ça ne peut donc jamais être simple avec toi, cousine." Il ferma les yeux un moment, puis comme par enchantement, en les rouvrant, la porte était juste devant lui, comme si elle avait toujours été là. Hésitant entre l'ouvrir de sa main gauche ou de sa droite, il finit par avancer les deux bras et pousser à l'aide de ses deux mains. Il referma les yeux avec un sourire évident. On pouvait entendre le mécanisme glisser comme si les rouages se touchaient à peine. Puis, un bruit de papier se déchirant en morceaux inquiéta l'assistance, qui crut immédiatement que le calendrier s'était brisé. Plusieurs se levèrent de leurs tabourets, injuriant l'initiative de Rupture, lorsque le doux son mélodieux du conte débuta et calma l'auditoire qui reprit place dans un silence brisé.

Porte de la Rupture

Lorsque le gros bonhomme en rouge ouvre la porte de son atelier en redressant son bonnet, il perçoit deux choses qui le perturbent. Son vieux cœur se crispe soudain.

D'abord, le tapis roulant qui emporte les cadeaux de l'usinage vers la hotte est arrêté, ce qui n'est pas du tout normal, puisque nous sommes le 16 décembre et que le mois entier est consacré à la préparation de la distribution sans discontinuer.

Puis, il entend une sorte de halètement rauque dans la petite cuisine derrière lui.

Il pousse doucement la porte et découvre madame Noël en cavalcade avec un freluquet aux fesses blanches. Celui-ci se tourne, grimace malicieusement et continue son affaire.

Elle, dans son plaisir, semble n'avoir rien remarqué. Père Noël décide de revenir à son travail. Ce qu'on refuse de voir n'a jamais existé.

"Qui s'est trompé en mettant le nom des enfants sur les cadeaux?" lance-t-il, surpris.

Il sursaute en entendant la voix ferme de Madame juste derrière lui. Elle a fait vite…

"C'est moi! Je veux que les filles reçoivent des panoplies de Superman, des camions de pompier, des polos de footballeurs! Marre de ces poupées dont la taille est deux fois moins large que la poitrine et les hanches! C'est mauvais pour leur évolution personnelle. Et il faut qu'elles sachent que le Prince Charmant n'existe pas!"

"Ton comportement est inqualifiable! Tu n'as pas à donner ton avis!" colère-t-il pour la énième fois depuis des milliers d'années.

Alors, elle arrache son habit rouge, dévoilant ses beaux seins coincés dans un joli corset blanc, tombe la jupe au sol et se retourne. En voyant le jupon pincé dans la culotte qu'elle vient juste de remettre dévoilant ses cuisses pulpeuses, père Noël sourit. Parfois, il a juste envie de la tuer; souvent il l'adore.

"Je te quitte!" hurle-t-elle soudain.

Après avoir décroché une veste longue et un pantalon qui pendaient au porte-manteau des lutins, mère Noël s'habille tout de vert et chausse des bottes de cuir.

Le galant, toujours souriant et fier de sa nouvelle conquête, enfourche alors une espèce de moto-cheval, noire comme les ténèbres, et lui tend la main pour l'aider à monter. Mais la dame n'a pas l'intention de se laisser guider. Elle lui inflige une bonne claque sur le poitrail et le fait reculer.

"Mets-toi à l'arrière, c'est moi qui conduis!"

L'équipage s'éloigne ainsi dans une fumée dense, déchirant les nuages onctueux qui se prélassaient dans le ciel d'hiver. Père Noël retourne alors à sa machinerie, la tête basse, les lunettes embuées.

Deux petits lutins s'approchent avec un regard horrifié, ils sont terriblement inquiets.

"Que fait-on Patron? On remet les étiquettes en place?"

"Non, non, les petits! Laissons ainsi et nous verrons les réactions."

"Mais, pour mère Noël, qu'allez-vous faire?"

Le vieux mari soupire en tapant sur le bouton de redémarrage du tapis roulant.

"Elle reviendra… Elle revient toujours. Allez! Au boulot les gars!"

Auteur : Cathy Gallardo Leday

Pour les "Lien & information" sur l'auteur, allez à la fin du livre dans la dernière section.

Suite —

Baveux se leva sur la table, un petit bouc mi-homme mi-animal de couleur rouge. Ses yeux étaient brillants d'une lueur espiègle et ses cornes pointaient vers le plafond comme des flèches d'un beau rouge vif. Il s'écria d'une voix ivre, "Ha! Ha! Ha! le cocu. Pas surprenant qu'il ait la grosse poche rouge pleine de cadeaux!"

Un fou rire s'empara du bar, tel une tempête aurait fait avec une montagne de feuilles mortes sur le sol. Les clients se joignirent à l'hilarité générale, certains tapant même sur la table en signe d'approbation pour la remarque de Baveux.

(Trouvez le Jour 17 dans le calendrier et allez à la page indiquée)

Jour 8

Entre-temps, Chaos s'approcha du calendrier et après une observation minutieuse, trouva le jour suivant. Sa corpulence de singe cachait le précieux artefact. Quand, soudainement, l'exclamation d'Apocalypse résonna dans la pièce, empreinte d'une autorité indiscutable. "Plus personne ne touche au calendrier," déclara-t-elle d'un ton impérieux, faisant taire l'effervescence qui régnait dans la pièce.

Les créatures cosmiques, même les plus audacieuses, firent une pause, captivées par la force de la voix d'Apocalypse. Le cliquetis du mécanisme s'arrêta et la porte vers l'autre dimension demeura figée dans son ouverture, suspendue entre deux réalités.

Chaos se redressa en répliquant. "Je n'ai rien fait! Il est parti tout seul."

Apocalypse regarda Chaos avec des poignards dans les yeux. Mais le mal était fait.

La Porte du CHAOS

Aude, Ju et Lio, les trois lutins malicieux, étaient en balade au pays du père Noël alors que les autres travaillaient d'arrache-pied dans la fabrique de jouets. Ils marchaient aux abords de la forêt enchantée lorsqu'ils virent une porte qui se trouvait juste devant les majestueux sapins.

Elle était noire avec des mots gravés dans une langue inconnue. Ju, le lutin poète, tenta de décrire les inscriptions, mais sans y parvenir alors il se tourna vers ses deux compères et les avertit de ne surtout pas l'ouvrir. Mais Lio, qui était de loin le plus téméraire et jamais à court d'idées farfelues, entreprit de l'ouvrir malgré les avertissements de son ami.

La porte fut à peine ouverte de quelques centimètres qu'un nuage noir s'insinuât dans l'entrebâillement, il fila comme un serpent, resta quelques secondes à plusieurs mètres de hauteur au-dessus de leur tête puis se dirigea vers le village du père Noël.

Aude se mit à courir ou plutôt à sautiller à la poursuite de l'horrible nuage, elle semblait se réjouir de la situation et du chaos à venir.

La fabrique du père Noël était en plein travail d'élaboration de jouets lorsque le nuage qui avait pris la forme d'un cavalier pénétra et jeta tous les objets en l'air. Certains jouets tombèrent, se cassant en plusieurs morceaux alors que d'autres s'animèrent; ils prenaient vie sous les yeux éberlués des lutins. Le père Noël, bien assis sur son fauteuil, n'en revenait pas.

"C'est quoi, ce chaos?"

Aude entra dans l'entrepôt de fabrication, ses yeux s'agrandirent comme des soucoupes lorsqu'elle vit la pagaille qui se déroulait devant elle. Elle sourit et attrapa immédiatement une peluche, elle lui arracha la couture située sur le ventre en jetant son rembourrage de tous les côtés. Ses yeux pétillaient de joie alors que les autres lutins s'acharnaient à tout détruire. Elle relâcha le jouet désarticulé et vit une réplique exacte de Jack qui collait parfaitement avec cet étrange Noël. Elle se rapprocha de lui, il fit de même puis ils se mirent à danser sous le regard ébahi du grand patron.

Nath, la femme du père Noël, qui était complètement absorbée par l'une de ses lectures, entendit finalement le brouhaha provenant de la fabrique. Elle posa son livre et se précipita vers le bâtiment. Lorsqu'elle ouvrit la porte et vit son mari chevaucher un nuage noir en forme de cavalier, elle comprit immédiatement.

"La porte du chaos…"

Elle enroula son écharpe, remonta ses lunettes et courut en direction de la forêt, accompagnée de son ami Cocotte, le lapin blanc, oui drôle de nom pour un lapin. Nath et son ami se rapprochaient rapidement. La porte était toujours là, elle n'avait pas bougé. Lio et Ju essayaient de la refermer, mais leurs efforts n'avaient aucune conséquence.

Nath accourut et se joignit à eux, elle poussa de toutes ses forces avec Cocotte qui l'aidait en appuyant avec ses puissantes pattes arrière. C'est alors que Nath prononça une formule qu'elle seule connaissait.

"Claude ostium chao! Evanescit et redit ad apocalypsin!"

Le pouvoir de la porte semblait faiblir, mais l'antre du chaos tentait de la rallier à sa cause en l'attirant à l'intérieur de son sombre monde, mais Nath tenait bon. Ne pouvant récupérer la mère Noël, il se rabattit sur Cocotte qui fut aspiré en quelques secondes.

"Encore un peu…" dit Nath qui ne vit pas son ami passer de l'autre côté.

Les deux lutins et la mère Noël poussaient, il ne manquait que quelques centimètres. C'est alors que Rudolph le fidèle renne du père Noël arriva en volant et donna un grand coup de sabot dans la porte noire qui se referma immédiatement.

Le nuage laissa tomber le père Noël et se dirigea vers son antre; un bruissement se fit entendre lorsqu'il se faufila par le trou de la serrure. Dès qu'il disparut complètement, la porte s'effaça à son tour du paysage. Nath chercha Cocotte mais elle comprit que le lapin était passé de l'autre côté. Elle n'allait pas en rester là.

Tout le monde respira de nouveau hormis Aude, qui se sentit abandonnée en voyant son Jack complètement amorphe. Le père Noël ne put la laisser dans cet état de tristesse, il toucha le visage du personnage qui s'anima de nouveau pour le plus grand bonheur de la lutine. Tout le monde put enfin reprendre ses activités de préparation du jour préféré des enfants. Enfin, il fallait d'abord faire un grand ménage!

Auteur : Antony Gallego

Pour les "Lien & information" sur l'auteur, allez à la fin du livre dans la dernière section.

Suite —

Le lapin, surgissant du portail magique qui s'était maintenu entre les deux dimensions, rebondit avec une vivacité surprenante à travers la pièce. Les spectateurs, pris au dépourvu, réagirent avec un mélange de surprise et de peur alors que le lapin filait entre les pieds de table, créant une confusion temporaire.

Apocalypse, bien que momentanément déstabilisée, reprit rapidement le contrôle de la situation. "C'est quoi, cette nouvelle extravagance !" s'exclama-t-elle d'un ton mêlé d'irritation et de curiosité.

Le lapin, apparemment inconscient du tumulte qu'il avait causé, poursuivit son chemin à travers la pièce salle, semant l'étonnement sur son passage. Certains des spectateurs, d'abord effrayés, commencèrent à rire devant l'absurdité de la situation.

Chaos, toujours debout près du calendrier, lança un regard taquin à Apocalypse. "On dirait que le récit a une vie propre aujourd'hui."

(Trouvez le Jour 9 dans le calendrier et allez à la page indiquée)

Jour 22

"Apocalypse, il est temps de faire face à ce qui se cache derrière le prochain voile du calendrier. Laisse-moi ouvrir la porte suivante", murmura La Souffrance d'une voix douce, mais empreinte d'une profonde mélancolie.

Apocalypse, comme sortie d'une torpeur, tourna lentement son regard vers La Souffrance. Les murmures inquiets dans le bar s'apaisèrent alors que les deux entités se faisaient face. La Souffrance, avec une tristesse résignée, s'approcha du calendrier et posa sa main sur la porte, prête à l'ouvrir et à révéler ce qui se cachait derrière le mystérieux chiffre suivant.

Le mécanisme du calendrier émit un cliquetis familier, et la porte s'ouvrit lentement, dévoilant à nouveau le théâtre de la souffrance. Un éclat de lumière intense en sortit, provoqué par la lueur ardente d'un feu qui rugissait de l'autre côté. Les flammes dansaient avec une passion dévorante, projetant des ombres mouvantes sur les visages tendus des spectateurs.

Apocalypse, revenue à elle, observait la scène avec un intérêt mêlé d'une curiosité souriante. La Peur et La Folie, bien que chacun dans leur état émotionnel particulier, étaient captivés par ce qui allait se dérouler.

La nouvelle histoire cosmique était prête à se déployer, guidée par les choix de ses protagonistes et influencée par la lueur chaleureuse du feu mystique qui illuminait le chemin à suivre.

Panique au Pôle Nord

Que se passe-t-il au pôle Nord? L'atelier du père Noël est en feu, il y a eu une explosion. C'est un véritable drame.

Les lutins, les rennes et tous les petits êtres travaillant dans l'usine à jouets sortent en courant et en rampant, paniqués. Les flammes traversent la toiture et montent vers les cieux, accompagnées de fumée noire et de hurlements.

L'alarme résonne dans la nuit. C'est assourdissant. Le père et la mère Noël déboulent, horrifiés, les yeux exorbités; ils restent pétrifiés devant le spectacle, c'est la débandade totale. Quand Rudolph, rempli d'effroi, les percute dans une glissade non contrôlée, ils reprennent leurs esprits. Ils mettent alors en sécurité tout leur petit monde, puis Santa fait appel de toute son âme à la magie pour circonscrire l'incendie. Il invoque l'aide de Dame Nature qui répond immédiatement. D'un geste, celle-ci étouffe le brasier d'une épaisse couche de neige qui s'évapore presque aussitôt, puis d'un signe de tête respectueux et compatissant, envers la population en pleine confusion, elle s'éclipse.

Le silence s'installe, pesant. C'est le choc. Que s'est-il passé? Une partie de l'atelier, des cadeaux, du quai de chargement, est détruite. Par bonheur, le traîneau est sauf.

Nous sommes le 22 décembre. Après les cris et la peur, ce sont les larmes qui marquent leur détresse.

Jovial, le lutin toujours joyeux, se campe devant le père Noël et d'un ton enjoué, lance :

"Allons-y, rebâtissons, ne perdons pas de temps, la seule façon de réussir est de travailler ensemble.*"

Le père Noël, bouleversé sur le moment, n'y croit pas; il est dépité devant ce désastre.

"Allez! Père Noël, nous allons y arriver!"

Alors, devant l'insistance de son petit lutin, il lui sourit, regarde l'assemblée meurtrie et pousse son "OH OH OH!" d'encouragement.

"Jovial a raison, mes petits amis, ne nous laissons pas abattre, allons-y!"

Le moment de sidération passé, ils se mettent en branle vers ce qu'il reste de leur atelier.

Heureusement, avec l'aide de la magie, la réparation des dommages est quasi instantanée et la fabrication des jouets est remise en œuvre, dans une relative bonne humeur.

Pendant ce temps, Santa enquête. Il retourne dans son bureau et scrute les caméras de surveillance. Tout à coup, un rai de lumière attire son attention; puis c'est l'embrasement lumineux, et plus rien. Il revient en arrière et c'est dans la zone de stockage de sciure de bois qu'il y a eu méfait. Il zoome et c'est la stupéfaction.

Contrarié, il demande à mère Noël de faire venir Antony, le petit lutin solitaire et caractériel.

Santa l'interroge sur ce qu'il s'est passé. Dans un premier temps, il nie. Puis devant la preuve en images, Antony se met à se balancer d'avant en arrière, se tapant sur la tête et répétant :

"Antony a fait une bêtise, a fait une bêtise, bêtise! Pardon, pardon, pardon!"

Puis des lamentations exagérées sortent de sa bouche, suivie de grosses larmes sincères.

Le père Noël, débonnaire, après lui avoir remonté les bretelles, lui pardonne sa sottise qui a, malgré tout, mis en danger des vies, sans compter le retard dans la production. Antony a compris et acquiesce, misérable.

Les heures passent, le traîneau se remplit de cadeaux colorés, sous les yeux brillants d'émotion de Père et Mère Noël.

Antony demande pardon à cœur ouvert, à ses compagnons, ceux-ci viennent le serrer dans leurs bras, alors la mère Noël, heureuse du dénouement, distribue du chocolat chaud et des guimauves à l'assemblée.

Ainsi, le petit lutin apprit que, malgré ses erreurs et la souffrance occasionnée, l'amour de ses proches peut tout pardonner.

Henry Ford

Auteur : Nathalie Nogrette

Pour les "Lien & information" sur l'auteur, allez à la fin du livre dans la dernière section.

Suite —

Certains spectateurs qui, jusqu'à présent, n'avaient pas fait partie des privilégiés, pouvaient clairement constater que les jours diminuaient. La tension montait dans le bar cosmique, chaque personne ressentant l'urgence du décompte.

La Souffrance, resté au cœur de la scène, se fit bousculer par La Destruction qui avait également l'intention d'ouvrir une seconde porte. D'une voix tonitruante, La Destruction fixa les regards autour de lui et fit taire l'auditoire d'un simple geste. "Au crépuscule de vos vies, quand les ombres s'étirent, vous comprendrez la véritable nature de la peur. Les hurlements de l'agonie résonneront dans l'écho de votre existence éphémère…"

La Mort, qui était restée silencieuse, attendait patiemment son tour, sachant que sa sœur, Apocalypse, lui avait réservé l'une des dernières journées pour faire agoniser les âmes.

(Trouvez le Jour 23 dans le calendrier et allez à la page indiquée)

Jour 11

Apocalypse afficha un sourire satisfait en découvrant La Peur, qui avait jusqu'ici habilement caché sa présence. D'un ton ravi, elle déclara, "Quel adon… comme la vie fait bien les choses!"

Cependant, La Peur anticipa les paroles d'Apocalypse et manifesta son refus de s'impliquer. D'un geste répété de la tête, elle exprimait clairement son désaccord en répétant, "Non, non, non… Ce n'est pas bon ça!"

"Et oui, tu as bien compris. Tu es la prochaine," répliqua Apocalypse avec assurance.

Se levant avec une anxiété visible, accompagnée par des gargouillements intestinaux mécontents, la Peur progressa sous les acclamations d'une foule en folie.

Cherchant les jours à voix haute, sursautant au moindre bruit, La Peur se laissait emporter par des scénarios macabres qui défilaient dans son imagination à l'idée de toucher le moindre recoin du calendrier. Finalement, après une recherche tendue, elle repéra la porte qui hantait ses pensées.

Hésitante, elle demeura là quelques instants, laissant l'angoisse monter en elle à l'idée des souffrances qu'Apocalypse pourrait lui infliger en cas de désobéissance. L'angoisse dans ses yeux, elle se cacha le visage, laissant seulement une petite ouverture entre deux doigts pour observer du coin de l'œil la le battant mystérieux.

Après quelques instants de lutte intérieure, La Peur se décida enfin à l'ouvrir en question. Cependant, à peine celle-ci pivota-t-elle, qu'elle entra en panique. Les bras levés dans les airs, elle se mit à courir, criant à tue-tête, quittant précipitamment le bar.

Le Dernier Noël

Les rennes ont peur. Ils renâclent et grognent contre le brouillard lointain, très, très lointain.

Papa Noël avait tout juste le temps de remonter ces pantalons d'un vert kaki après avoir fait sa grosse commission qu'il se mit à renifler une odeur.

Ça ne sentait vraiment pas bon. Un mélange d'un vieux conteneur rempli de déchets qu'on avait oubliés dans le désert depuis belle lurette.

Ici, au pôle Nord se situant en haut du Pôle Sud, l'endroit où Maman Noël est en vacances durant la période des fêtes, buvant des piñas coladas avec mère Nature et dansant la samba avec Ouranos.

Dans la mythologie grecque, il est décrit comme étant la divinité même du Ciel Étoilé.

En soi, au pôle Sud c'est la grande joie. Ça aurait très bien pu l'être au pôle Nord, ça l'aurait très bien pu...

Pourtant, il y a ce brouillard au loin qui terrorise, pas juste les huit rennes de Saint-Nicolas, mais également les petits lutins malicieux et ricaneurs, vivants chez Santa Claus.

Soudain, le brouillard qui semblait, au début, totalement et clairement inoffensif telle une petite araignée à la recherche d'un abri, prit de l'expansion. Encore et encore jusqu'à recouvrir entièrement le village.

Guy Turgeon-Lamothe, ami de longue date et grand consommateur de Whisky, manquait de réserves. Lui, étant habitué à en voler à Cocotte, le lapin des neiges, devra faire preuve d'abstinence, car le brouillard est toujours présent.

Guy et saint Nicolas se retrouvent, en ce jour terrifiant, dans l'église d'un curé aussi vieux que l'existence humaine et tous les deux se regardent avec incompréhension.

Âgé de 1700 ans, saint Nicolas en a vu des absurdités, mais ça, c'est tout autre chose et lui seul connaît la réponse.

"Regarde, cher compagnon."

De son manteau rouge fraisinette, il sort un livre avec une couverture qui n'indique rien de bon. Vraiment rien de bon.

La couverture montre un enfant recroquevillé sur lui-même, pleurant mille larmes de son corps.

"Ça, mon ami, c'est le livre que j'ai trouvé, il y a quelques jours de ça."

Guy est toujours perdu dans ses pensées, rêvassant à son Whisky lui chatouillant les papilles gustatives.

"Mon ami, tu m'écoutes?"

"Tu disais?" questionne Guy, toujours désintéressé.

"C'est la fin!"

Les rennes, qui gémirent avec une peur qu'aucun d'entre eux n'eût connu autrefois, devinrent tout un chacun, des statues de glace.

Ayant assisté à ce spectacle effroyable, les lutins prirent peur, mais ils n'avaient aucune issue possible. Triste soit le destin, à leur tour, ils se transformèrent en statue. Puis vint le tour de saint Nicolas et Guy.

La fin de l'esprit de Noël s'était volatilisée à jamais, mais les souvenirs resteront à jamais marqués dans chacun des enfants du monde.

La question que les jeunes se posèrent et ce, même pour les années à venir, qu'était-il advenu de mère Noël?

Personne ne connaîtrait la réponse.

En tout cas, pas de sitôt…

Ça, c'est certain.

Auteur : Jeff Bouchard

Pour les "Lien & information" sur l'auteur, allez à la fin du livre dans la dernière section.

Suite —

Apocalypse se dirigea d'un pas assuré vers le bar, tendant la main pour prendre le gobelet des mains de La Haine. Cette dernière, une créature sombre mais élégante, aux traits trompeurs séduisants, lui remit l'objet avec une grâce perfide. Ses yeux, empreints d'une fureur naturelle et d'une soif de colère, ne quittaient pas Apocalypse.

La Haine lança une question absurde, d'une voix empreinte de sarcasme : "N'as-tu pas peur de toucher mon verre?"

D'un geste impérieux, Apocalypse engloutit le contenu du godet d'une traite, laissant résonner le bruit du liquide dévalant sa gorge. Avec un dédain calculé, elle déposa le récipient avec fracas sur le comptoir en bois d'hévéa, créant un écho dans la pièce.

La Haine, les yeux toujours rivés sur Apocalypse, exprimait un mélange de méfiance et de ressentiment. Son air de rage innée semblait prêt à exploser à tout moment, une tempête contenue derrière des yeux sombres et perçants.

Apocalypse répondit avec un calme apparent, esquissant un sourire ironique. "La Peur nous a quittés. Tu es le suivant sur la liste des vilains garçons." Sa voix, mélange de défi et d'assurance, résonna dans la pièce.

(Trouvez le Jour 12 dans le calendrier et allez à la page indiquée)

Jour 9

Apocalypse, malgré la différence de taille avec Chaos, se rapprocha de lui avec une détermination qui ne laissait place à aucune hésitation. Sa silhouette élancée, accentuée par des talons aiguille rouge feu, lui conférait une aura d'autorité indiscutable. Elle agrippa la crinière de Chaos d'un geste sec.

"Tu ne t'en sortiras pas comme ça ce soir," déclara-t-elle d'une voix ferme. Comme pour renforcer l'intensité de la scène, ses cheveux se transformèrent également en une teinte rouge feu, flottant légèrement dans l'air, comme s'ils étaient caressés par une brise invisible.

Pendant ce temps, Souffrance, assise dans son coin avec un air amusé, fut soudainement appelée à se mettre en avant par la conteuse d'histoire qui rencontra les yeux perçants de Souffrance. Son sourire disparut de son visage alors qu'elle s'exécutait.

Le regard attentif de l'assemblée était désormais tourné vers Souffrance, se demandant quelle tournure dramatique cette nouvelle directive prendrait. La tension flottait dans l'air, accentuée par la confrontation entre Apocalypse et Chaos, créant une atmosphère captivante dans cette histoire en constante évolution.

Le cliquetis du mécanisme se tut brusquement, laissant la porte vers l'autre dimension dans une suspension momentanée, comme si le temps lui-même retenait son souffle en attendant le châtiment.

Souffrance

Au matin du 24 décembre de cette année-là, le père Noël réalisa que l'on ne doit jamais se jouer des signes du destin et des superstitions. Se levant du mauvais pied, il trébucha dans les fleurs du tapis et se cogna lourdement sur la commode de la mère Noël. Une bourde qui brisa un grand miroir. Un de ses elfes, Rickelf s'exclama de frayeur :

"Pour l'amour du Seigneur ! Sept ans de malheurs !"

"Tais-toi — le père Noël se relevait rouge de colère — ce ne sont que des balivernes de grosses bonnes femmes !"

"Mère Noël serait contente d'entendre ça ! Elle qui prend si soin d'elle jusque-là !"

"Chuttt petit coquin ! Rends-toi utile et va aider les autres à préparer le grand voyage !"

Faisant fi des terribles avertissements du lutin, le père Noël ne prit aucune précaution pour contrer les effets du malheur. Un simple vœu de la Fée des Étoiles aurait contrecarré la malédiction des glaces brisées, mais le bourru bonhomme habillé de rouge n'en fit qu'à sa tête ! Pourtant les signes y étaient...

Dès sa première bouchée de gruau chaud, il se brûla la langue et le palais! Il maugréa en recrachant la bouillante mixture. Voulant se désaltérer, c'est par erreur qu'il but ce qu'il croyait être de l'eau... C'était du vinaigre de table ! Il grommela ses déboires d'une lavette râpeuse et boursouflée, mais il resta flegmatique face à l'importante mission qu'il devait accomplir.

Dans l'usine des jouets, plus rien ne fonctionnait. Rickelf, nerveusement, vint annoncer que le lutin Oui-Wi se trouvait le bras coincé dans la machine confectionnant les poupées. Puis, un malheur n'en attendait pas un autre, Non-No — un aidant de la manufacture du père Noël — se retrouva le pied écrasé par la chute d'une énorme caisse de bois. Comme si une sourde infortune frappait le repaire du Santa Klaus, les déboires et erreurs se succédaient surnaturellement jusqu'au coucher du soleil au pôle Nord. Mais sous l'effet de l'orgueil, le père Noël se refusa de croire en la malédiction des glaces brisées malgré la série de déveines qui freinait les efforts pour arriver à temps dans l'organigramme des fêtes.

Puis, quand vint le temps d'atteler l'équipage des rennes magiques, ceux-ci furent malades. Se retrouvant aux prises avec un inexplicable virus de gastro mexicaine ! De sons marrants aux bruits marron, l'étable fut submergée de nauséabondes puanteurs de chiottes. Devant ce vent odorant se détachant de brun sur fond de neige blanche, le père Noël perdit foi en l'humanité et commençait déjà à se faire à l'idée que cette célébration de la Nativité serait un fiasco total ! Le pauvre Rickelf se devait de sauver la fête favorite des crapoussins, grands comme petits. Il lui dit :

"De la liste des enfants sages, combien en sont exclus pour excès de rage ?"

"Où veux-tu en venir lutin ?"

"Que la fierté n'est pas orgueil ! Il est temps d'éviter l'écueil ! Demandez à la magie pile-poil de la fée des Étoiles !"

Tout rentra dans l'ordre à minuit moins une et tous reçurent leurs cadeaux !

Auteur : Stéphane Desroches

Pour les "Lien & information" sur l'auteur, allez à la fin du livre dans la dernière section.

Suite —

Chaos, entraîné malgré lui par cette force magnétique, se trouva contraint de suivre Apocalypse jusqu'à sa table. La conteuse avait orchestré cette mise en scène avec une précision calculée. Arrivés à la table, Apocalypse ordonna impérieusement à Chaos de s'asseoir,.

Une silhouette voilée, aux allures de mystère et de caprice, s'avança. "La Folie", murmura quelqu'un parmi les spectateurs, et un frisson parcourut la pièce.

La Folie, vêtue d'une robe chatoyante aux couleurs changeantes, avança avec une démarche insaisissable. Son regard, un mélange de malice et d'exubérance, s'arrêta sur Apocalypse et Chaos. Elle semblait intriguée par cette dynamique de pouvoir nouvellement instaurée.

(Trouvez le Jour 10 dans le calendrier et allez à la page indiquée)

s

Jour 2

La tension dans le Bar Céleste était presque palpable alors que La Guerre, maintenant déterminé, se dirigeait vers le calendrier. Les regards curieux de l'audience suivaient ses mouvements, et même les murmures discrets semblaient s'estomper par anticipation.

La Guerre, avec une précision calculée, localisa la porte numérotée du jour 2 et l'ouvrit avec une intensité qui ne faisait que renforcer son aura de cavalier de l'Apocalypse. Le cliquetis du mécanisme résonna dans le silence momentané, puis le froissement caractéristique du papier se fit entendre.

Il prit une profonde inspiration, déployant ses épaules comme s'il se préparait à une bataille. La lecture de l'histoire du Jour 2 commença.

Le Lutin Farceur

Tic-tac.

Il est trop tard pour stopper le décompte amorcé.

Chipon DuKas relève sa tuque rouge et verte d'une chiquenaude. Il ne constate pas le tremblement de sa main.

Cette fois-ci, il sait qu'il est allé trop loin.

Tic-tac.

Remarquez, les autres lutins l'ont bien cherché.

Ils l'ignorent et le sous-estiment depuis si longtemps…

Chipon est confiné dans un rôle qu'il déteste. Il n'est qu'un lutin anonyme dans un atelier désuet, peuplé par une bande de lutins sans intérêt. À chaque année à l'approche des fêtes de Noël, il doit faire des heures supplémentaires pour assurer la livraison de millions de jouets. La charge de travail est de plus en plus démente et il y a un manque criant de personnel qualifié, sans compter la présence insidieuse d'Amazon qui menace le fondement même de la fête de Noël. Tout le monde veut tout et tout de suite.

Tic-tac.

En plus, le père Noël est d'humeur exécrable depuis que son médecin l'oblige à perdre du poids. Les mauvaises habitudes rattrapent le vieux bougon. Le verdict est tombé : hypertension et diabète de type 2.

Le gros barbu a ajouté une division spéciale de lutins farceurs. Des postes convoités par les plus jeunes lutins, mais accordés à une infime poignée de chanceux. Un emploi qui a été refusé au lutin Chipon DuKas. Pourtant, il est né pour ce rôle. Il aime taquiner, jouer des tours et mettre de la vie dans son quotidien morne, même si ses camarades le perçoivent davantage comme un enquiquineur.

Tic-tac.

Affalé sur son trône rouge et blanc, le père Noël grommelle des jurons en grignotant ses pieds de céleri et en buvant son lait d'amande.

Chipon l'observe avec inquiétude. Le vieux bougon ne devrait pas être assis là, au beau milieu de l'après-midi.

Depuis que le poste de lutin farceur lui a été refusé, Chipon cherche à se venger. Il multiplie les mauvais coups. Ses méfaits ont entraîné des sanctions. Deux lutins ont été accusés à tort et suspendus pendant quelques jours malgré les protestations de leurs camarades.

L'ambiance de travail dans l'atelier s'est considérablement dégradée. Une atmosphère de suspicion et de dénonciation plane. Des conflits éclatent entre plusieurs lutins, menaçant de diviser les préparatifs de Noël.

Tic-tac.

Le dernier méfait de Chipon est sans équivoque. Il a placé un faux jouet muni d'une bombe sous le fauteuil du père Noël et il lui est impossible de la retirer.

Le gros barbu ne devait pas se trouver là. Pas aujourd'hui.

Maintenant, il est trop tard.

Comme s'il avait deviné son inquiétude, le père Noël lui fait signe de s'approcher. Dans ses mains, un long parchemin. Un blâme? Un reproche?

Chipon déglutit et avance lentement.

Tic-tac.

"Je voulais juste te dire que nous avons accepté ta demande pour devenir un lutin farceur. Il ne me reste qu'à signer le papier officiel," dit-il, en ramassant son crayon rouge et vert.

Le lutin catastrophé reluque la boîte qui gît sous l'énorme fauteuil.

Tic-tac…

Auteur : Alain Leclerc

Pour les "Lien & information" sur l'auteur, allez à la fin du livre dans la dernière section.

Suite —

La Guerre se tourna sous les acclamations d'un air triomphant en direction de sa sœur aînée, répliquant d'un ton de défi. "Veux-tu que j'ouvre une autre porte?"

Son seul regard, les bras croisés, tapant du pied, suffit à calmer les ardeurs de son frère. Malgré le fait qu'il soit le prince de tous les combats, il savait qu'il ne devait pas chercher à la défier et retourna s'asseoir.

Elle continua à le suivre des yeux durant le laps de temps qu'il passe à côté d'elle. Puis elle attendit qu'il s'assoie, connaissant son frère sur le bout des doigts. Elle pouvait facilement le voir s'exciter comme un jeune collégien ayant marqué le but vainqueur, les poings fermés, les muscles du cou étirés au maximum faisant une grimace excentrique.

Dès qu'elle l'entendit s'asseoir, elle se retourna pour dire : "Bon! Maintenant que notre vaillant guerrier a repris sa place, on va pouvoir y aller avec le maigre d'entre nous. Famine, c'est à ton tour."

(Trouvez le Jour 3 dans le calendrier et allez à la page indiquée)

Jour 14

Le Minotaure s'était attaché à cette petite peluche malgré son manque évident de respect envers sa manipulation. Après avoir fouillé chaque individu présent, on s'aperçut Joseph était introuvable. Inconsolable, le tavernier était sous l'emprise du désespoir.

Le calme était revenu, mais les regards accusateurs emplissaient toujours l'atmosphère. Les murmures de suspicion et de regret se mêlaient au chagrin qui planait dans la pièce. Apocalypse devait rétablir l'équilibre si elle ne voulait pas que l'expérience laisse un goût amer. Elle s'était déjà habituée à ses soirées de récit quotidien.

Elle tourna les talons et s'adressa à voix haute au barman. "Cher ami, mets de côté ta tristesse et viens me rejoindre."

Le colosse déposa le pichet qu'il avait passé la dernière demi-heure à essuyer à répétition. À contrecœur, il demanda : "À quel jour sommes-nous rendus? Ah non, laissez faire, je me rappelle."

Il trouva le jour sans la moindre expression sur son visage et enclencha le mécanisme et, sans attendre, retourna à son poste.

Petit Karma Noël

OUM!

Rasmuss ne pouvait plus s'échapper.

"Maudit piège à lutin!" maugréa-t-il.

Pendant plusieurs heures, il essaya de sortir de sa fâcheuse position quand soudain :

"J'en ai attrapé un!" dit Gretchel en empoignant Rasmuss par une jambe.

"Reste calme, tout va bien se passer…"

BLAM! En moins de deux, il se retrouva à nouveau pris au piège; Gretchel l'avait sauvagement enfoncé dans un pot Masson et fermé le couvercle.

"Haha! On verra bien si tu arrives à sortir de là et à faire des tours pendables!" dit-elle d'un ton méchant. Puis elle attacha ses longs cheveux noirs à mèches roses et alla se coucher.

Rasmuss eut alors toute la nuit pour préparer sa vengeance.

Le lendemain…

Gretchel se leva et s'empressa de regarder le pot Masson, ouvert et vide.

"Luuuutinnnnn !" cria-t-elle de sa voix nasillarde. "Où es-tu?"

Rasmuss sortit alors de sa cachette — une pile de vêtements sales — puis s'écria :

"Portus Des esperus Apparus!"

Gretchel se retourna et aperçut, au beau milieu de sa chambre, une porte magique ornée d'un rideau, sous lequel était écrit **ESPOIR**. Intriguée, elle s'approcha :

"C'est quoi, ça?"

"La Porte de l'Espoir", lui dit Rasmuss d'un ton mielleux. "Si tu la traverses, tu pourras voir le village du père Noël, mais à ta place je n'irais pas…"

Faisant fi de l'avertissement du lutin, elle ouvrit la porte et passa de l'autre côté.

Le plan de Rasmuss avait réussi. Mais avant de la rejoindre, il enleva complètement le rideau, qui laissa alors apparaître tout le message : Porte du dés**ESPOIR.**

Gretchel se retrouva dans un village lugubre, où des centaines d'enfants déambulaient, la mine basse. Pas un rire, pas une chanson, rien qu'un courant glacial qui lui traversait l'échine.

"Où sommes-nous?" demanda-t-elle d'une voix paniquée.

"Au village du désespoir", répondit l'un d'eux. "Nous sommes ici pour avoir maltraité un lutin, et nous sommes condamnés à être tristes pour toujours, sauf…"

"Sauf quoi?" demanda-t-elle, au bord des larmes.

"Sauf si tu promets d'être gentille", lui dit Rasmuss.

"Je te le promets! Emmène-moi loin d'ici et je te jure que je ne piégerai plus jamais de lutins! Tu me crois, non?"

"Oui je te crois, et je sais que tu ne feras plus jamais de mal à un lutin. Allez, suis-moi!"

14 décembre 2023, 20 h 26

"Maman! J'ai attrapé un lutin!"

"Je crois plutôt que c'est une lutine mon chéri, regarde ses longs cheveux noirs avec des mèches roses, elle est magnifique!"

"Oui! Je vais la garder pour toujours!" dit Raoul en la serrant dans ses bras.

Morale de cette histoire : ne jamais sous-estimer les pouvoirs d'un lutin.

Auteur : Josée Paquet Lesaffre

Pour les "Lien & information" sur l'auteur, allez à la fin du livre dans la dernière section.

Suite —

Le conte n'avait pas remonté le moral du malheureux au visage animal mais au cœur de velours. Et même s'il attrapait lui aussi un lutin, cela ne remplacerait pas cette catin de chiffon qui lui servait de confident après les heures de travail. Il aimait regarder cette tête à moitié rasée.

Un bruit constant avait fait son apparition depuis un moment. Au début, celui-ci fut attribué au retour de gaz dans les conduits de fût de bière. Cependant, le tapage continu commençait à taper sur les nerfs d'Apocalypse. D'un ton agressif, elle réclama : "Peut-on faire cesser cette cacophonie?"

Le Minotaure se dirigea vers un coin sombre d'où le son émanait, pour y apercevoir une petite queue blanche. Il déclara : "Je crois que c'est ce foutu évadé du bocal."

Apocalypse s'approcha pour voir le petit lapin et, à sa grande surprise, elle le trouva en train de sauter la poupée vaudou. La scène ajoutait une touche d'absurdité à l'événement et les regards curieux se posaient sur le lapin espiègle qui semblait être à l'origine de toute cette perturbation.

(Trouvez le Jour 15 dans le calendrier et allez à la page indiquée)

Jour 6

Malédiction, ressentant les ondes mystiques du sort d'Apocalypse se propager jusqu'au calendrier, ramassa l'artefact avec une expression délibérément impénétrable. Les effluves de pouvoir magique tournoyaient autour d'elle alors qu'elle se plongeait dans la complexité des énergies en jeu.

Fermant les yeux, Malédiction concentra son esprit sur le calendrier. Les murmures du jour 6 commençaient à prendre forme dans son esprit, les images et les scénarios se dessinant avec une clarté presque tangible.

Le cliquetis délicat du mécanisme résonna dans le silence, suivi du doux froissement du papier. Le sort en était jeté.

La porte du jour 6 s'ouvrit, non par un geste physique, mais par la puissance de la pensée de Malédiction.

Matin Chaotique

"Mamannnnnnn"

"Quoi?"

"Moi et Jimmy, on était debout et on s'est dit qu'on irait voir dans le salon…"

Mon cerveau vient d'allumer, nous sommes le matin du 25 décembre et mes garçons ne doivent pas avoir attendu avant d'ouvrir les cadeaux de Noël.

"OK. J'ai juste besoin d'un café et ensuite, je viens vous rejoindre."

"Non, tout de suite!"

Lorsque j'arrive au salon, une montagne de papier d'emballage recouvre le plancher. Mais ce qui m'arrache un cri, c'est mon petit Jimmy qui tient un jouet sexuel entre ses petites mains. Je lui arrache des mains et la crise de larmes suit aussitôt tandis qu'il tente de reprendre l'objet saisi. Des bananes sont écrasées au sol, ainsi que du dentifrice. Furieuse, je m'adresse à mon plus grand, Édouard, qui a des bobettes sur la tête.

"Je vous ai déjà dit de ne pas gaspiller!"

"C'était emballé comme des cadeaux, mais ce n'est pas des cadeaux le fun."

Sur le bord d'exploser, je compose le numéro de mon ex et attends. Au bout de trois sonneries, une voix ensommeillée me répond.

"Jess, il n'est même pas 7 heures."

"Ouais je sais, tu dois être fatigué après ton coup bas de cette nuit!"

"De quoi parles-tu?"

"Jimmy avait un dildo dans ses mains!"

"Jess, je t'ai déjà dit de ranger mieux tes choses si tu ne veux pas que les petits les touchent."

"Tu me niaises! Tu sais bien que ce n'est pas à moi."

"Ça ne te ferait pas de tort d'en avoir un."

"Ce n'était pas cool. Ed à une paire de bobettes sur la tête, c'est le CHAOS ici ce matin. Je ne pensais pas que tu m'en voulais à ce point à propos de notre séparation."

"Je n'ai rien à faire là-dedans!"

"Bin qui, d'abord? Ce n'est certainement pas le père Noël! Je n'enverrais pas une lettre de plainte au Pôle Nord HOH OHO!"

***

Pendant ce temps au pôle Nord, les lutins essayaient de gérer la situation de crise.

"On devrait peut-être aller le réveiller?"

"Il a passé la nuit debout à livrer des cadeaux, il ne sera pas content si on va le réveiller et lui dire qu'il a fait tout cela pour rien. Ce ne seront pas que des lettres de parents furieux, mais l'APOCALYPSE!" C'est à ce moment que la porte s'ouvre en fracas sur un père Noël en combines.

"Quelqu'un peut m'expliquer pourquoi un enfant m'a dit avoir reçu un paquet de nouilles instantanées et une fourchette ?"

"On ne comprend pas. Prenons l'enfant, Liam; sa mère dit qu'il a reçu une trappe à souris avec fromage, mais il avait commandé un train avec rails. C'est comme si les cadeaux avaient été altérés durant la nuit et ça semble être le cas pour TOUS les enfants!"

"Ce n'est pas la première fois. Dans le temps, les enfants avaient reçu des pommes de terre et du charbon. Les cadeaux ont légèrement changé, mais ça serait la seule possibilité, quelqu'un a réouvert la porte numéro 6."

Auteur : Shana Pelletier

Pour les "Lien & information" sur l'auteur, allez à la fin du livre dans la dernière section.

Suite —

Lorsque Malédiction avait ouvert la porte du jour 6 par la pensée, elle avait inconsciemment transcendé les limites du rêve et ouvert une fissure vers une dimension inexplorée. Les énergies magiques du calendrier se déversèrent à travers cette porte, créant un passage mystique vers un monde au-delà de l'imagination.

La taverne trembla légèrement, réagissant à la perturbation causée par l'ouverture de cette porte dimensionnelle. Les créatures, initialement fascinées par le récit qu'elles entendaient, ressentirent un frisson d'excitation à l'idée d'explorer une réalité nouvelle et inconnue.

Malédiction, tenant toujours le calendrier, était elle-même surprise par l'ampleur de son pouvoir involontaire. Elle observa la porte dimensionnelle avec une expression mêlée de curiosité et de satisfaction. "Nous avons ouvert une voie vers l'inexploré. Qui osera franchir cette porte et découvrir ce que le jour 7 nous réserve réellement?"

(Trouvez le Jour 7 dans le calendrier et allez à la page indiquée)

Jour 21

La Peur s'approcha d'Apocalypse avec une timidité évidente. Ses pas étaient hésitants et il jetait des regards nerveux autour de lui, comme s'il craignait un soudain sursaut de terreur. Choisissant ses mots avec précaution, il murmura à l'oreille d'Apocalypse, espérant ne pas déclencher une réaction trop effrayante. "Euh, Apocalypse, excusez-moi de vous déranger, mais, vous savez, le calendrier... il attend. On devrait peut-être... continuer?"

La Peur, toujours tremblant, prit sur lui pour ouvrir la porte du calendrier à contrecœur. Le mécanisme s'enclencha avec un cliquetis familier mais, cette fois-ci, il y avait quelque chose de différent. Une aura inquiétante semblait émaner de l'ouverture, enveloppant la pièce dans une atmosphère éthérée.

Lorsque la porte s'ouvrit complètement, une brume sombre en émana, se répandant lentement dans le bar. Une série de murmures angoissés parcourut l'assemblée, alors que chacun ressentait une présence indescriptible.

La Peur, de plus en plus nerveux, jeta un regard rapide à Apocalypse, cherchant des signes de réaction. La conteuse d'histoire, cependant, était toujours plongée dans ses pensées, apparemment inconsciente du changement imminent. Les autres clients, pris entre la fascination et l'appréhension, attendaient de ce que cette nouvelle ouverture allait dévoiler. Seule La Peur craignait avoir commis une gaffe.

Les Bonshommes de Neige

Je suis réveillé par des cris horribles. Je file à ma fenêtre pour voir ce qu'il se passe. Ce que j'aperçois me laisse bouche bée. Les gens courent de tous les côtés. Des bonshommes de neige sont à leur poursuite. Quelqu'un tombe au sol et le monstre glacé fonce vers lui, le soulève et l'avale d'une traite. Je m'habille et descends pour retrouver ma mère. Je ne la trouve pas, je crie :

"M'man, où es-tu ?"

D'une voix vacillante, elle me répond :

"Je suis dans la cuisine. Viens en silence!"

Je m'avance et je la vois tétanisée en rivant ses pupilles vers le jardin.

"J'ai peur maman, il se passe quoi ?"

"Chut! Viens silencieusement, j'ai dit…"

Elle tend son index, elle tremble réellement. Je porte mon regard vers ce qu'elle fixe par-delà la fenêtre. Il y a une de ces cauchemardesques choses aux yeux de braise et aux crocs acérés qui rôde autour de la maison. Je me blottis contre ma mère :

"J'ai barricadé toutes les issues."

"Mais comment cela est-il possible ?"

"J'ai écouté la radio très tôt ce matin, ils disent que c'est une aurore boréale qui en est la cause, le champ magnétique perturbant la température aurait donné vie à ces créatures suite à une période glaciaire spontanée. Notre voisin a été dévoré par l'un d'eux."

En entendant ses mots, je suis en panique et m'exclame :

"Quelqu'un va venir nous aider ?"

"Oui, l'armée est en route, j'espère que ce sera suffisant."

Toute la journée se déroule dans la peur et les cris. Les gens subissent des attaques dès qu'ils tentent de sortir. Puis sans raison, les envahisseurs de glace quittent la ville. Les monstres se dirigent vers la forêt, engendrant la panique aux espèces animales de ce milieu. Les rennes sont terrifiés. Ils se mettent à courir dans tous les sens. La majorité est décimée par ces horribles créatures. C'est le chaos total et nous ne sommes plus à l'abri nulle part. Du moins, ils ne rôdent plus autour de notre refuge et la journée finit par passer…

Cela fait une semaine déjà et rien ne peut venir à bout des bonhommes de neige, même l'armée impuissante. Nous ne pouvons plus sortir. Le gouvernement nous approvisionne en vivres par hélicoptères, mais pour combien de temps encore? La Terre entière est assiégée par ces monstres. Toutes les autorités sont en alerte et des flashs spéciaux sont retransmis toutes les heures à la télé. Ma mère téléphone régulièrement a nos proches; c'est le seul lien que nous avons avec l'extérieur.

Je me revois la veille faisant mon bonhomme de neige avec mon ami. Nous étions tellement heureux que tombent enfin les premiers flocons blancs. Nous étions dans l'innocence de nos dix ans.

Dire que demain c'est Noël, le premier que l'on va passer confinés avec la peur en guise de cadeau…

Auteur : Marie Winter

Pour les "Lien & information" sur l'auteur, allez à la fin du livre dans la dernière section.

Suite —

Alors que tous les regards étaient rivés sur Apocalypse, qui demeurait immobile comme une statue, une atmosphère lourde se répandit à nouveau. Soudain, une voix familière s'éleva dans la pièce, teintée de tristesse et d'une aura sombre. C'était La Souffrance qui s'avança lentement vers Apocalypse.

La Peur, déjà agitée par l'ombre grandissante de la scène, frémit à la vue de La Souffrance. Cependant, cette dernière était déterminée à accomplir quelque chose et elle s'approcha d'Apocalypse avec une résolution palpable.

(Trouvez le Jour 22 dans le calendrier et allez à la page indiquée)

Jour 10

Apocalypse, après cet évènement, ressentit la nécessité de se débarrasser des cheveux de la crinière du cavalier, qui s'étaient coincée entre ses doigts. Elle balaya élégamment ses mains devant elle, détachant les mèches blanches avec un geste assuré. Les cheveux, ainsi libérés de leur étau, flottèrent gracieusement dans l'air avant de retomber comme des braises ardentes.

Alors qu'elle accomplissait ce geste, elle se tourna vers La Folie, qui observait la scène avec un intérêt pétillant dans les yeux. Un sourire malicieux éclaira le visage d'Apocalypse, et d'un ton enjoué, elle dit, "Oui, tu peux être la suivante."

La Folie sourit à s'en faire sécher les dents telle une psychopathe puis se mit à se déformer dans son déplacement, adoptant des apparences changeantes, chacune plus macabre que la précédente. Comme un spectre en mutation constante, elle traversait l'espace avec une agilité déconcertante, provoquant des frissons chez les auditeurs.

Une main décharnée s'étira de la forme tourbillonnante de La Folie, accompagnée d'un son sinistre de craquements osseux et de rires paranoïaques qui semblaient résonner en écho dans l'atmosphère. La transformation était aussi fascinante que perturbante, laissant une trace indélébile dans l'imaginaire des créatures cosmiques présentes.

Soudain, la forme de La Folie disparut dans un nuage de fumée noire au contact du calendrier. Une énigme persistait quant à savoir si elle avait trouvé le jour approprié, mais un son répété à chaque ouverture de porte laissait planer une certaine certitude.

La Folie s'Installe au Pôle Nord

La dernière journée avant la grande nuit de Noël s'amorce en ce matin du 24 décembre. Presque tous les jouets ont été emballés et le traîneau a été astiqué par les lutins, le laissant impeccable. Mais, à la fabrique, quelque chose est différent; les lutins ne sont pas dans leur état habituel. En effet, les emballages de cadeaux traînent ici et là et les dames lutines se promènent en tenue légère, comportement qui surprend et désoriente nos hommes lutins de façon indéniable.

Lios, le chef des lutins, arrive en panique à la porte de la maison du père Noël. Il sonne et la porte s'ouvre… sur une mère Noël en petite dentelle. Imaginez sa surprise! Se couvrant les yeux, il demande à voir le père Noël. Celui-ci arrive au pas de course, catastrophé par le comportement de sa femme. La poussant doucement pour prendre sa place, il écoute Lios lui raconter la folie qui gagne l'ensemble de l'atelier.

"Comme tu peux le constater, j'ai le même problème ici! Je finis mon chocolat chaud et je te rejoins."

Avalant sa tasse en deux gorgées, il se dépêche d'enfiler son manteau pour aller constater les dégâts. L'arrivée du père Noël refroidit les ardeurs des lutines qui se dépêchent de revêtir leurs uniformes pour compléter les derniers préparatifs, non sans lancer des regards langoureux à leurs voisins masculins.

Après avoir remis un certain ordre, le père Noël se dirige vers l'étable pour juger de l'état des rennes. Quelle surprise de découvrir qu'ils sont subjugués par leur voisin d'attelage. L'un faisant la toilette de l'autre, il est impossible de les atteler séparément. Mais comment fera-t-il cette nuit? Comment arriver à distribuer les cadeaux à temps? Complètement déboussolé, le père Noël invite Lios à la maison. Entrant le premier, il demande à mère Noël d'aller se vêtir convenablement, ce qu'elle exécute sans vraiment comprendre pourquoi. Assis devant deux tasses de chocolat, Lios et père Noël cherchent une solution. C'est de la tête du chef des lutins que l'idée émerge :

"Et si on promettait à chacune et chacun un cadeau spécial à offrir à la personne de son cœur après la distribution des cadeaux? Il nous reste quelques bouteilles d'huiles parfumées pour des massages de détente et quelques chandelles du même genre, ça devrait faire l'affaire, non?"

Le père Noël salue avec enthousiasme la suggestion du lutin et devine à la réaction de mère Noël, que l'idée est excellente.

Ainsi est sauvée la fête de Noël de cette année-là, sans qu'on ne sache vraiment comment cette folie passagère est arrivée, et pourquoi elle est disparue le matin même du 25 décembre. Les personnes touchées n'ont toujours pas compris à ce jour pourquoi elles ont reçu tant de chandelles et d'huile de massage le matin du 25 décembre…

Auteur : Martine Côté

Pour les "Lien & information" sur l'auteur, allez à la fin du livre dans la dernière section.

Suite —

Le récit s'était interrompu, laissant un silence oppressant planer sur le bar cosmique. La disparition de La Folie alimentait les murmures inquiets parmi les occupants, chacun se demandant où elle avait bien pu partir.

Soudain, un cri d'outre-tombe déchira le silence, faisant éclater quelques vitrages et gelant l'air ambiant. Tous se retournèrent brusquement vers l'origine de ce hurlement assourdissant. Une forme noire, émergeant de l'ombre comme un cauchemar incarné, se matérialisa aux côtés de la Peur maigrichonne.

La Peur, mince comme une feuille de papier cellophane enveloppant un morceau de viande froide, avait les doigts dans la bouche, mordant le bout de ses ongles. D'une main tremblante, elle pointait de l'autre la silhouette sombre qui avait réapparu à ses côtés. La Folie avait repris sa place, renouant avec le récit d'une manière aussi terrifiante qu'inattendue.

(Trouvez le Jour 11 dans le calendrier et allez à la page indiquée)

Jour 4

inalement, après un ballet comique d'efforts pour attraper la poupée, l'un des clients réussit à la saisir en plein vol. Les acclamations et les rires remplirent la pièce alors que le chanceux, le regard triomphant, se leva, prêt à relever le défi du prochain récit du calendrier de l'Avent cosmique.

Cependant, Apocalypse ne put s'empêcher de penser au pauvre Joseph sur Terre qui ressentait tous les contrecoups de ce qui était devenu la mascotte de ces rencontres. D'une voix forte, elle demanda qui avait récupéré la poupée.

Rébellion, une créature mi-femme mi-scorpion, sortit de la foule, le mini Joseph coincé par le cou dans sa pince. Elle s'arrêta net lorsqu'elle aperçut Apocalypse la dévisageant, la tête penchée, et dire : "Mais que fais-tu? Ne comprenez-vous pas ce qu'est une poupée vaudou?"

Rébellion rétorqua. "Bien sûr, nous le savons." Avant de lancer par-dessus son épaule la poupée pour se diriger directement vers le calendrier avant d'en arracher la porte de son dard et de se mettre aussitôt à lire le jour 4.

Lutin 356

C'était une journée normale à l'atelier du père Noël, tous les lutins œuvraient sur un jouet. Un des chefs des lutins entra dans la fabrique.

"Faites place… Faites place, Santa arrive!"

"Bien joué, lutin 1369, continuez votre bon travail, le réveillon n'est plus qu'à 20 jours et nous avons encore beaucoup à faire", dit-il.

Alors que le père Noël passait devant le lutin 356, il ramassa l'un des jouets et dit… "Je voudrais voir ces jouets en bleu." Puis en le reposant, il résuma. "Commencez maintenant, vous avez 257 Transformers à reprendre."

"Je vais débuter immédiatement." Répliqua le petit homme.

Plus tard…

"Ah… je suis à court de cobalt, il ne me reste qu'une seule bébelle à finir", se dit le lutin.

En allant chercher d'autre produit, il se trompa avec la bouteille de liquide enchanté au lieu de la peinture habituelle. Cette nuit-là, il y eut une grosse tempête et l'un des Transformers s'anima.

"Aujourd'hui, toutes les routes sont fermées à cause de la neige, alors nous aurons une journée de congé", dit Grandalf.

Tout le monde était confus, car cela n'était jamais arrivé auparavant. Pendant ce temps, dans l'atelier, le petit Transformer décida d'utiliser de l'enduit magique afin de donner vie à tous les autres robots. Son intention était de prendre le contrôle de Noël. Mais l'un des lutins avait tout vu, il alla tout raconter à Grandalf.

"Grandalf… Grandalf…"

"Que veux-tu, 356?"

"Nous avons un gros problème! Hier, j'ai manqué de produit, j'ai employé par mégarde la peinture magique sans savoir qu'elle donnerait vie au jouet qu'il me restait à finir."

"Tu as fait quoi?! Laisse-moi comprendre, tu as utilisé de la peinture magique, même si c'est interdit?"

"Oui, et il est en train d'animer tous les autres jouets. Je crois qu'ils veulent prendre le contrôle de Noël."

"Nous devons les arrêter. Allons chercher nos frères pour tous les attraper, mais ne dis rien au grand boss."

Ils allèrent demander de l'aide auprès de chaque lutin pour sauver les fêtes. Alors qu'ils se faufilaient dans l'atelier, l'un des Transformers les repéra.

"Hé, arrêtez-vous là et ne bougez plus!" Dis le Transformer d'une voix mécanique.

Tous les lutins s'arrêtèrent, hésitants, incertains de leur prochain mouvement.

"Vous êtes dorénavant nos otages et vous nous aiderez à prendre le contrôle du pôle Nord."

"Nous ne vous rejoindrons jamais… pourquoi faites-vous ça?" dit Grandalf.

"Nous en avons assez d'être maltraités. Les enfants nous jettent à la poubelle ou nous cassent. On finit aux oubliettes, sous le lit ou dans un coin sombre de la garde-robe. Nous allons prendre le contrôle du village. Et vous ne pourrez rien faire."

"Mais vous ne comprenez pas, si vous faites ça, tous les enfants seront tristes. Qui leur apportera de la joie?"

Certains jouets étaient effrayés à l'idée de perdre Noël et les paroles de Grandalf résonnaient dans leur esprit, leur rappelant leur mission. Au fond d'eux-mêmes, ils savaient que le véritable sens de Noël était d'apporter du bonheur dans la vie des enfants. Alors que les joujoux se rassemblaient dans l'atelier, un petit Transformer sage prit la parole.

"Nous ne pouvons pas prendre le contrôle de Noël", dit-il. "Si nous le faisons, qui jouera avec nous?"

Les autres jouets se mirent à répliquer, réalisant la vérité dans ces paroles. Ensemble, les lutins et les jouets élaborèrent un plan afin de sauver Noël. Et ainsi, les Transformers devinrent des réparateurs secrets, répandant la joie et l'amour.

Auteur : Alexys Bourgeois

Pour les "Lien & information" sur l'auteur, allez à la fin du livre dans la dernière section.

Suite —

Le silence s'abattit sur la pièce, brisé seulement par le doux rire de Destruction, qui observait la scène avec un amusement évident. Les regards perplexes des créatures cosmiques convergèrent vers Rébellion, qui feuilletait le récit du jour 4 d'une manière qui trahissait une certaine impatience. Apocalypse, intriguée, s'approcha d'elle.

"Pourquoi agis-tu ainsi, Rébellion?" demanda Apocalypse, les sourcils froncés.

Rébellion leva les yeux du récit et sourit d'un air énigmatique. "Il est temps de changer les règles du jeu. Les histoires que nous lisons ne devraient pas être prévisibles. La véritable puissance réside dans la surprise, la rupture des attentes. Et quoi de plus inattendu que de laisser Destruction prendre la barre du récit?"

Les murmures d'approbation s'élevèrent dans la foule, et même Apocalypse, toujours avide de chaos, ne put s'empêcher de sourire. "Soit. Que le jour 5 commence avec Destruction à la tête de l'histoire. Que les éléments les plus sombres, humoristiques et chaotiques fusionnent dans un crescendo d'imagination débridée."

(Trouvez le Jour 5 dans le calendrier et allez à la page indiquée)

Jour 23

Damoclès avança résolument sur le chemin entre La Destruction et le calendrier, une silhouette effilée dans l'ombre. L'éclat de lumière du calendrier dansait sur la surface acérée de sa langue, prête à s'exprimer avec une précision redoutable.

La Destruction, tournant son regard intense vers Damoclès, déclara d'une voix grave : "Tu oses te mettre en travers de mon chemin, Damoclès? C'est une erreur que même le temps ne pourra effacer."

Damoclès répondit avec un calme calculé, chaque mot comme une lame tranchante : "Oh, Destruction, tu considères la puissance brute comme la seule voie. Mais parfois, une langue bien aiguisée peut infliger plus de blessures qu'une lame émoussée. Regarde autour de toi, les cendres que tu laisses derrière. S'il te plaît, fais-nous le plaisir de réfléchir avant de tout anéantir."

Un silence s'installa, tendu comme un fil sur le point de se rompre. Les regards se croisèrent, et même La Mort sembla attendre le dénouement de cet échange acéré.

Apocalypse, anticipant le danger imminent, sortit du chemin tracé par La Souffrance, ne voulant pas se retrouver au cœur d'une confrontation qui risquait de basculer dans le chaos. Damoclès et La Destruction, toutefois, étaient déjà engagés dans une danse macabre, une confrontation physique inévitable.

Les deux figures, aux énergies opposées, se firent face dans un duel d'une intensité croissante. Les lames d'acier de Damoclès étincelaient dans l'éclat des lumières festives, tandis que de La Destruction émanait une force brute et dévastatrice.

Les coups et les parades s'entremêlaient dans une chorégraphie violente, chaque geste devenant une menace pour la réalité elle-même. Les spectateurs retenaient leur souffle, témoins d'une bataille entre la finesse de Damoclès et la puissance brute de La Destruction.

Soudain, dans un élan final, les deux forces s'entrechoquèrent avec une telle violence que le calendrier, déjà fragilisé par les tensions de la nuit, bascula et tomba au sol. Un verre, qui était posé sur la table renversée, répendit son chocolat chaud qui trouva son chemin jusqu'à l'artefact. Un son d'engrenage endommagé résonna, marquant le moment où la réalité même semblait vaciller.

Le bruit du mécanisme cassé était accompagné par le grondement d'un portail qui s'ouvrait, laissant entrevoir une nouvelle porte, une nouvelle énigme à dévoiler dans ce récit infini.

Apocalypse s'écria. "NOOOOOOON !" Son cri perça l'air, empli de désespoir face à la destruction du calendrier, cet objet qui était le cœur de tant d'histoires.

Snowy

En cette nuit du 23 décembre au pôle Nord, tout est tranquille; les rennes dorment profondément et les lutins travaillent dur pour confectionner les cadeaux pour les enfants sages. Les Noëls somnolents avec leurs musiques d'ambiance du moment qui résonnent dans la maisonnée.

Non loin de-là, Snowy, l'ours polaire du père Noël, s'approche de l'atelier en douceur afin de subtiliser les caramels salés et le chocolat chaud des lutins. Ce faisant, il trébuche sur le manche de la pelle à l'entrée de la fabrique, la tasse qu'il avait se renverse sur l'ordinateur et ses circuits.

L'alarme retentit et réveille le village. Snowy, affolé, s'enfuit rapidement loin dans la forêt boréale.

Bounty le lutin-chef, court voir ce qui se passe, il aperçoit des traces de pas dans la neige, le caramel fondu et le liquide sur la machine. Des étincelles scintillent de toutes parts. "Il l'a débranché", s'écrit-il en mettant ses mains au visage. "C'est la catastrophe! Noël est à nouveau menacé. NOOOOOOON !"

Tous les autres courent de gauche à droite. Ils ont perdu le contrôle.

C'est à ce moment que Saint-Nicolas arrive avec le visage déconfit en disant : "Que se passe-t-il pour l'amour de Noël?"

Félinda, la femme de Bounty, explique la situation et, au même moment, constate la disparition de Snowy qui n'est pas à son poste habituel.

Saint-Nicolas décide de diviser les troupes :

"Berlingo, tu vas essayer de réparer la machine avec Bouffe-Tout."

"Félinda, tu vas aller derrière notre maison et chercher Snowy avec 25 lutins."

"Bounty, tu vas chercher dans la forêt boréale avec 25 autres."

"Briquet, prends les rennes, nous allons survoler le Pôle."

"Allez, tout le monde! On cherche notre ami Snowy!

On entend partout les petits farfadets magiques, crier : "SNOWYYYYY, SNOOOOWYYYY"! T'ES OÙ?

Depuis leur départ, trois heures se sont écoulées.

La fête est en péril s'ils ne parviennent pas à réparer le convoyeur à jouets et à trouver l'ours polaire qui est la mascotte tant demandée par les enfants comme peluche. Pour plusieurs chérubins, ils auraient leurs rêves anéantis et Noël serait détruit et oublié à jamais.

Au moment où Marie-Noël met ses petits gâteaux au four, Berlingo entré dans la cuisine en criant : "Enfin, enfin! J'ai réussi à réparer la machine."

D'un air triste, se voulant rassurante, Marie dit : "Bravo, mon petit, mais sans Snowy, nous ne pourrons pas faire de peluches ni continuer les autres jouets de la liste."

"Svp, faites que nous le retrouvions." pense-t-elle*

Il reste deux heures avant que la nuit se termine et toujours pas de nouvelles.

Les troupes commencent à revenir.

Félinda, tout en larmes : "Non, pas de Snowy derrière la maison."

On entend soudain, au walkie-talkie du traîneau, Bounty : "Je l'ai trouvé, je l'ai trouvé, vite! vite! À l'extrémité droite de la forêt boréale vite, venez! Il est mal en point, les loups nous encerclent."

À ce moment-là, les rennes partent à la vitesse grand V pour les secourir

Dès leur atterrissage, les loups déguerpissent sans réclamer leur dû.

Briquet, Nicolas et Bounty se dépêchent de faire monter Snowy dans le traîneau et retournent comme une fusée vers la maison.

"P-N à M-N! On a Snowy, on arrive dans 30 minutes!"

Tous acclament à la suite de l'annonce de leur mère adorée.

Sur la piste d'atterrissage, tout le village va accueillir Snowy.

Celui-ci se réveille à l'odeur d'une bonne tasse de chocolat chaud et s'excuse en pleurnichant. "Pardon maître, je vous ai déshonoré, j'ai gâché la fête avec ma gourmandise, j'ai brisé la fabrique, snif."

"Mais non, mon petit Snowy, Berlingo et Bouffe-Tout ont réparé; il te reste juste à prendre place pour qu'on puisse te répliquer et te faire animer."

"Dépêchons-nous, il nous reste une heure avant que notre nuit s'achève et qu'on puisse charger le traîneau. Je retourne me coucher; les enfants, plus de bêtises, s'il vous plaît." dit Santa-Claus.

Auteur : Nancy Boucher

Pour les "Lien & information" sur l'auteur, allez à la fin du livre dans la dernière section.

Suite —

Le récit avait continué pendant qu'Apocalypse se précipitait au pied de la table. La Mort, la grande Faucheuse, la bouche ouverte, laissait échapper un silence lugubre. Son visage décharné et ses orbites vides semblaient s'assombrir à mesure que le liquide chocolaté suivait les contours de la table avant de tomber sur le calendrier. Une goutte de chocolat chaud atterrit sur l'une des journées encore intactes du calendrier, créant une tache brune qui semblait presque un présage funeste, comme si même La Mort elle-même pouvait ressentir le poids de ce malheur.

Le Minotaure, habituellement impassible, lança un regard furieux à La Destruction et à Damoclès, les responsables involontaires de ce drame. Pendant ce temps, La Peur, qui était toujours un mélange d'appréhension et d'effroi, s'éloigna prudemment, craignant que la situation ne dégénère davantage.

Apocalypse, tentant désespérément d'essuyer la tache de chocolat, ordonna à celle-ci de disparaître, mais en vain. La tache semblait résister à ses efforts, laissant une empreinte persistante sur la surface du calendrier.

(Trouvez le Jour 24 dans le calendrier et allez à la page indiquée)

Jour 13

C'est à ce moment que les lumières de Noël se mirent à vaciller avant de s'éteindre complètement, suivies par toutes les autres lumières du bar, plongeant l'endroit dans l'obscurité totale. La trame sonore du vieux juke-box ralentit progressivement, étirant chaque note de la musique jusqu'à s'arrêter complètement.

L'obscurité créa une atmosphère éthérée, où les murmures inquiets et les chuchotements de surprise, parmi les créatures cosmiques, semblaient flotter dans l'air. La pièce, auparavant vibrante d'énergie, était maintenant plongée dans un silence intrigant, uniquement troublé par les légers frémissements de curiosité.

Les sens étaient en alerte, chaque créature tentant de discerner quelque chose dans l'obscurité. Certaines émettaient des chuchotements de théories sur ce qui venait de se produire, tandis que d'autres restaient silencieuses, absorbant l'inattendu de la situation. Les contours indistincts des formes cosmiques se devinaient à peine dans le noir, créant une ambiance mystérieuse.

Apocalypse demanda avec ironie : "Minotaure! As-tu payé ta dette de sang ce mois-ci?"

Quelques ricanements parcoururent la pièce, suivis d'une voix grave et offensée qui répliqua : "Eh! Comment peux-tu penser cela de moi? Ça doit être Joseph qui a sauté un fusible!"

Le cliquetis du mécanisme d'une porte résonna en écho, suivi du même froissement de papier qui domina la noirceur. Ces sons familiers, dans le contexte du calendrier, semblaient prendre une tonalité particulière dans l'obscurité totale du bar.

Épopée Boréale

Le pôôôôle Noooord! Ah, ce lieu magique, recouvert de glace scintillante, où les rennes gambadent et où le père Noël prépare ses cadeaux!

Mais un jour, l'inimaginable se produisit : la Porte de l'Obscurité s'ouvrit. Les autochtones n'en croyaient pas leurs yeux plissés. Ils avaient certes l'habitude de la nuit polaire. Mais cette fois, c'était différent. L'Obscurité semblait avoir décidé de faire du pôle Nord son quartier général.

L'Obscurité n'était pas seulement opaque, elle était aussi glaciale. Dès que la Porte s'entrouvrit, le thermomètre chuta en flèche. Même les bonhommes de neige se mirent à grelotter, les rennes s'emmitouflèrent dans leurs écharpes de laine et, pire, le père Noël attrapa la grippe!

Les elfes du père Noël, d'ordinaire si actifs, semblaient désormais léthargiques. Ils confondaient les jouets et les biscuits. Les rennes refusaient de quitter leur étable pour tirer le traîneau du boss. Ce dernier, habituellement enjoué, passa son temps à gronder tout le monde, même les lutins qui étaient à deux doigts de lancer une grève générale.

La Porte de l'Obscurité se moquait de tout ce chaos. Elle grinçait et grognait comme un vieil homme grincheux qui ne voulait pas être dérangé pendant sa sieste. Les habitants du pôle Nord essayèrent de la refermer. Mission impossible! Les elfes-ingénieurs entreprirent la construction d'imposantes portes afin de la camoufler, mais se heurtèrent à l'insatiabilité de l'Obscurité. Elle dévorait les portes comme un goinfre engloutissant des biscuits au gingembre.

La situation devenait si désespérée que les pingouins, d'habitude si dociles, organisèrent une manifestation. Ils revendiquaient un droit inaliénable à la lumière du jour. Les phoques se joignirent à eux, déclarant que l'Obscurité avait gelé leurs piscines. Même les ours polaires commencèrent à se plaindre de ne plus pouvoir bronzer sur la banquise, et devinrent bipolaires.

Le père Noël décida donc de prendre les choses en main. Il convoqua une réunion de crise avec les lutins et les animaux exaspérés. Il proposa un plan audacieux : utiliser la magie de Noël pour refermer la Porte de l'Obscurité. Les lutins se mirent à travailler avec frénésie, saupoudrant des flocons de neige avec de la poussière d'étoiles.

Finalement, le grand jour arriva. Le père Noël, perché sur son traîneau majestueux, entouré de rennes déterminés comme Rambo, s'envola vers la Porte de l'Obscurité. À leur approche, elle sembla reculer, comme si elle redoutait la magie de Noël. Les rennes tirèrent de toutes leurs forces, la Porte se referma lentement, la lumière du jour revint. De joie, les aurores boréales dansèrent la Macarena.

Le pôle Nord redevint le lieu enchanté que tout le monde connaissait et chérissait. L'Obscurité avait été vaincue, grâce à la magie de Noël et à la détermination des habitants du pôle Nord. Alors, souvenez-vous, même dans les moments les plus sombres, un peu de magie et un bon rire peuvent illuminer votre chemin. Et si jamais la Porte de l'Obscurité décide de s'ouvrir à nouveau, nous serons prêts à la refermer, en gardant notre sens de l'humour bien au chaud.

Auteur : Julien Leon

Pour les "Lien & information" sur l'auteur, allez à la fin du livre dans la dernière section.

Suite —

À l'instant où le conte s'arrêta, l'éclairage se rétablit comme il était parti. À première vue, tout semblait être revenu à la normale.

Le Minotaure s'écria en panique, attirant l'attention de tous : "On m'a volé notre pauvre Joseph!"

S'ensuivirent des accusations de part et d'autre parmi les clients. L'obscurité, qui avait ajouté une touche mystérieuse à l'atmosphère du bar, avait maintenant cédé la place à un tumulte d'accusations et de spéculations. Les créatures cosmiques se regardaient les unes les autres, cherchant des indices dans l'obscurité résiduelle, se demandant qui pouvait bien être l'auteur de ce méfait.

(Trouvez le Jour 14 dans le calendrier et allez à la page indiquée)

Jour 1

La dix-neuvième nuit approchait et, dans le Bar Céleste des Quatre Cavaliers de l'Apocalypse, c'était au tour de La Corruption d'ouvrir une porte. Une étrange énergie emplissait l'air, et les regards des protagonistes se tournèrent vers la mystérieuse porte, ornée de motifs sombres et énigmatiques.

Lentement, avec un sourire équivoque, Apocalypse survola la pièce. La porte grinça légèrement, laissant entrevoir un monde altéré par la force pernicieuse de La Corruption. Une ombre s'étendit, enveloppant le Bar Céleste dans une atmosphère inquiétante.

À cet instant, les esprits des enfants furent pris pour cible. Des murmures insidieux envahirent l'endroit et les visages des Quatre Cavaliers s'assombrirent. Des images de jeux innocents corrompus et de rires enfantins transformés en ricanements démoniaques se formèrent dans l'esprit des présentes.

Les personnages du bar se retrouvèrent plongés dans des récits troublants, où l'innocence était corrompue par une force maléfique. Des visions de jouets transformés en instruments de perversion, d'enfants autrefois purs devenant les marionnettes de l'ombre, hantèrent les pensées de tous.

Chacun des Quatre Cavaliers sentit le poids de La Corruption sur ses épaules, tandis que l'histoire se déroulait devant eux. Ils étaient témoins du pouvoir dévastateur de cette porte particulière du calendrier de l'Apocalypse.

La porte de la Corruption révéla ainsi son sombre secret, laissant une empreinte indélébile dans le cerveau des participants.

Le Chant de Minuit

Il était tard; le jour déclinait, et les êtres étaient comme plongés dans une atmosphère crépusculaire.

Un étranger pénétra dans l'auberge, une capuche de laine feutrée masquant son visage. Il progressait en frôlant les âmes errantes et damnées de ces enfants se lamentant de leur liesse passée.

La plupart étaient par terre, inertes, comparables à des cadavres momifiés.

Un seul d'entre eux était parvenu à se cacher, échappant ainsi à ce *lait de poule* au goût avarié et à l'odeur abjecte, servi par cette femme hideuse pour les forcer à être sages.

"Les horribles garnements sont enfin maîtrisés. "

Elle, c'est le pendant maléfique du père Noël, celle qui a également transformé tous les jouets en punition pour leur mauvais comportement.

On y trouve un faux chat écrasé, un kit de dentiste, un livre de mathématiques, un autre de recettes de légumes, un arracheur de langues et bien d'autres abominables trouvailles.

L'enfant, de sa cachette, serra les poings et laissa échapper un mince filet d'air entre ses lèvres, il fallait agir prestement.

Il ne pouvait pas rester là à attendre que cette immonde chose éteigne à jamais la féerie de Noël.

L'homme au long manteau détacha sa fibule et posa son regard sur l'enfant entrevu en arrivant, lui lançant un clin d'œil.

Émerveillé, le petit garçon lui répondit par un sourire rieur et des yeux pétillants de malice et d'admiration.

L'hideuse créature fredonnait une mélodie maudite lorsqu'elle détecta un mouvement dans son dos, mais ne s'attarda pas à vérifier ce qu'il se passait, bien trop concentrée sur son ouvrage, celui qui inéluctablement allait endiguer Noël à tout jamais, un élixir perfide; celui de la Damnation.

La physionomie de l'enfant changea subitement, elle devint douce, et il s'approcha timidement, tel un être céleste, de l'homme qui le regardait. Ce dernier sentit la petite main se glisser dans la sienne affectueusement.

Ils entonnèrent en cœur *Silent Night, Holy Night,* la harpie cessa tout mouvement et se retourna, le visage dans l'abîme, horrifiée.

La peau de l'horrible femme se couvrit de chair de volatile; un léger duvet fut rapidement remplacé par des plumes et elle se débattit en poussant d'étranges cris. Prise d'une atroce douleur dans le dos. Le cartilage de ses os se déchira, faisant place à deux ailes de méléagris. Une vision surréaliste, cauchemardesque.

La maison du père Noël retrouva soudain sa féerie de lumières et une multitude de couleurs toutes plus étincelantes les unes que les autres apparurent.

L'homme fit tomber sa capuche, laissant apparaître sa proéminente barbe blanche; il sentit la petite main de son fidèle et téméraire lutin Loockout Fellow se serrer plus fort dans la sienne.

Le sortilège fut levé, les enfants s'éveillèrent, se regardèrent et sourirent.

Une grosse dinde leur passa entre les jambes; elle était si vilaine qu'un chien lui-même dédaignerait la mordre.

Il était bientôt l'heure. Les douze coups de minuit résonnèrent, il était temps d'aller se préparer pour une longue nuit de Noël.

*Le lait de poule est une boisson à base de lait, de crème, de sucre et de jaune d'œuf parfumée à la noix de muscade ou à la cannelle que l'on sert traditionnellement le soir de Noël.

*Silent Night, Holy Night chant écrit en 1816 par le prêtre Joseph Mohr (1792-1848).

Auteur : Aude Horrorbooks

Pour les "Lien & information" sur l'auteur, allez à la fin du livre dans la dernière section.

Suite —

L'étau de la poigne de fer de La Corruption se relâcha, libérant les esprits des clients et les laissant suspendus entre la peur et l'euphorie. La tension qui avait enveloppé la pièce s'évapora.

Les lumières du bar scintillaient de manière énigmatique, reflétant l'état d'esprit changeant des occupants. Certains chuchotaient entre eux, échangeant des théories sur la nature de La Corruption et sur la manière dont elle allait déteindre sur la suite des choses.

La présence de La Corruption était comme une brise électrique, suscitant des émotions contradictoires parmi les clients. Certains semblaient prêts à affronter le défi qu'elle représentait, tandis que d'autres se repliaient dans l'ombre, appréhendant l'influence corruptrice qui flottait encore dans l'air.

(Trouvez le Jour 20 dans le calendrier et allez à la page indiquée)

Jour 15

Apocalypse attrapa le lapin par ses grandes oreilles, puis ramassa la poupée Joseph, dégoulinante, avec un regard de dédain en disant : "Mais que crois-tu que tu sois en train de faire, mon petit ?"

À sa grande surprise, le lapin s'écria : "Veux-tu bien me lâcher ? Je ne vous dérange pas, moi, avec vos jeux de calendrier qui foutent l'anarchie dans le cosmos!"

"Et il sait parler avec ça!" répliqua-t-elle, tout en redonnant Joseph au Minotaure qui la prit la poupée du bout des doigts, avec une grimace.

"Qu'est-ce que tu penses? Je suis le lapin de dame Noël, pas un vulgaire lapin de Pâques!" cracha-t-il, offensé.

Trimbalant le petit intrus, elle lui déclara : "Bien, tu vas venir avec moi que je te ramène chez toi avant que L'Anarchie, la vraie, ne franchisse les portails de la magie. Tu vas devoir ouvrir la prochaine porte."

"Non!" répondit-il en croisant ses pattes avant.

"Oui! Allez, fais ça pour moi." Reprit la conteuse d'histoire en lui grattant le dessous du menton. La patte arrière du lapin se mit à taper dans le vide, ses paupières à demi fermées.

Le lapin se mit à crier d'un ton sec : "OK! Ça suffit! Les gouzi-gouzi... Je vais l'ouvrir ta porte!"

"Sage décision. Elle est juste là." répliqua-t-elle en lui pointant le jour 15. Le mécanisme s'enclencha aussitôt qu'il touchât la porte et un vortex s'ouvrit. Sans attendre, elle le balança par l'ouverture, en lui envoyant des bisous avec la main. Il disparut dans le vide et le récit débuta.

Anarchie

À petits pas feutrés, Anna sort de sa chambre, bifurque à gauche et s'arrête en haut de la première marche de l'escalier. Ses orteils s'enfoncent dans les poils épais et bariolés du tapis. Aucun bruit ne perturbe le silence de l'aube. Les premiers rayons n'ont pas filtré à travers les stores et Papa ronfle doucement. Elle expulse un filet d'air et cavale jusqu'au pied du sapin, il est désespérément vide. Elle s'attend à déballer sa licorne arc-en-ciel et son souffle se coupe. Sur le guéridon, l'assiette de cookies et le verre de lait n'ont pas bougé d'un millimètre. Les larmes aux yeux et le cœur aux abois, elle s'engouffre dans le lit parental en hurlant sa détresse.

"Anna… Anna… Le père Noël est peut-être en retard!" la rassure sa mère, les paupières lourdes, la voix éraillée.

Le regard qu'elle jette en biais à son mari indique le contraire. Jamais un 25 décembre, les cadeaux n'ont été absents au réveil. Henry se redresse, cajole la joue de sa fille et s'assied sur le bord du lit pour enfiler ses chaussons.

"Papa va regarder."

"Maman reçut la lettre, Anna sage!"

Après avoir resserré le nœud de son peignoir, il se tourne vers elle, un sourire étire ses lèvres fines.

"Oui, tu étais sur la liste, Anna, la bonne liste, fais un câlin à Maman, je vais trouver les cadeaux."

Aux premiers instants, la curiosité le percute, suivie par l'angoisse et enfin l'effroi. Aucune boîte, pas plus de papier coloré, quelques épines du Nordmann traînent au sol, imperturbables. En fouillant dans le tiroir de la commode d'entrée, il retrouve la lettre estampillée du bureau de Vancouver. Henry scrute chaque mot, une courte phrase mentionnant chacun de leurs noms pour la réception des présents. Il extirpe le téléphone filaire de son socle et compose, furieux, le numéro. L'appel est lunaire, d'abord de longues sonneries lancinantes, puis un message enregistré en boucle :

"Oh! Oh! Oh... Quoi? Quoi? Quoi ... Qui? Qui? Qui..." Puis des rires tonitruants et l'impossibilité d'accéder au répondeur. Il effectue la démarche trois fois d'affilée avant de se rendre à l'évidence : personne ne répondra et il va bien falloir qu'il fasse le travail lui-même!

"Henry! Mais qu'est-ce que tu fais?" s'inquiète sa femme quand elle le voit enfiler sa parka une heure plus tard.

"J'ai des Miles, je vais lui rendre visite, Alice! Les voisins n'ont pas de cadeaux, personne dans la rue!"

"On devrait attendre, ils vont donner des informations... tu ne peux pas... Henry... partir comme ça."

"Je reviendrai avec, ne t'inquiète pas pour moi."

Après un périple d'heures d'avion, de randonnée enneigée, Henry pousse la porte de l'atelier et la stupéfaction le paralyse. La machinerie est à l'arrêt, les lutins éméchés se pendent aux branches des sapins déstructurés, les emballages sont déroulés et les ours en peluche aveugles. L'anarchie la plus complète règne avec une bande-son paillarde qui écorche les oreilles. À pas mesurés, il atteint le bureau où l'hôte demeure assis dans un fauteuil en cuir, face à la fenêtre. Quelques bougies éclairent son visage joufflu, mangé par une barbe immaculée.

"Je sais pourquoi tu es là, Henry!" expulse le père Noël sans se tourner vers lui. "Il n'y aura pas de cadeaux cette année… je suis si fatigué."

"Mais… pourquoi? Ma fille… elle est si triste…"

"Chaque année mes bureaux reçoivent vos plaintes, les cadeaux ne vous plaisent pas, ils ne sont pas ceux que vous m'avez réclamés… Vous ne laissez plus entrer la magie de Noël, la joie de recevoir un présent pensé pour vous, choyé pour vous, offert pour vous… Vous en voulez plus, ce n'est pas la fête du partage que j'ai créé, c'est une avalanche d'objets qui vous lasse en si peu de temps… Apprenez à savourer ce que vous avez et peut-être… Mon amour pour vos sourires comblés reviendra. Pars, Henry, retrouve ta famille, embrasse la petite Anna, les instants les plus précieux sont ceux que vous vous offrez sans rien attendre en retour."

Auteur : Rose Pierson

Pour les "Lien & information" sur l'auteur, allez à la fin du livre dans la dernière section.

Suite —

En dehors, des bruits des verres traînés sur le bois des tables et les soupirs des clients qui s'étaient laissé attendrir, peu de monde osa commenter ce qu'il venait d'entendre, à l'exception d'un individu à deux faces. Connu sur terre sous le pseudonyme de Cupidon pour son côté entremetteur, mais dont le véritable nom était Rupture. Il se leva et s'avança avec sa propre déclaration. "Si vous avez trouvé cela poignant comme histoire, vous allez voir ce que vous allez voir."

S'approchant face à la déesse de tous les malheurs, il y alla de sa compréhension du calendrier. "Si j'ai bien compris le fonctionnement, la porte s'inspire de notre personnalité, peu importe qui ouvre, l'histoire s'inspire de son essence même."

Apocalypse le regarda et répliqua : "Tu as visé dans le mille, mon Cupidon" sachant pertinemment qu'il détestait ce surnom.

"À mon tour alors!" déclara-t-il sans demander la permission. Apocalypse mit sa main devant sa bouche, cachant de facto son amusement. "Mais où est le jour suivant? Il manque le 16," Rupture semblait embêté.

(Trouvez le Jour 16 dans le calendrier et allez à la page indiquée)

Jour 17

Apocalypse, ravie de voir l'ambiance revenir, fit signe à Baveux d'approcher. Surexcité, le petit bouc sauta de joie sur place tel un pantin désarticulé avant de tomber face contre terre, une flasque de boisson roulant hors de sa poche.

Le barman, offusqué, vociféra : "C'est pour ça qu'il ne boit pratiquement jamais. Il apporte sa propre boisson!" Suite à cette déclaration, les clients regardèrent la fiasque se faire la malle avec convoitise. De toute évidence, elle n'avait pas été transformée en chocolat chaud.

Le Minotaure fit signe au videur des lieux pour qu'il le sorte immédiatement de l'établissement. Au moment de passer devant Apocalypse, celle-ci le saisit par le bras et demanda :

"Tempête, avant que tu n'emportes ce petit baveux. Je voudrais que tu prennes sa place au pied du calendrier pour la suite des événements."

Il s'arrêta un instant, attendant l'approbation de son patron, les yeux rivés sur l'individu derrière le comptoir qui, à son tour, lui répondit : "Oui! Vas-y, laissons ce bouffon cuver sa boisson sur le sol."

Tempête ramassa le calendrier dans ses paumes, le faisant tournoyer comme s'il était emprisonné dans une tornade. La porte s'arracha et partit dans les airs comme entraînée par une bourrasque invisible. On n'entendit pas le son du mécanisme sous les sifflements des vents indiscernables et le fracas des vagues d'acclamations. Puis, d'un geste aussi délicat qu'un flocon qui se pose sur une surface, il déposa le calendrier là où il l'avait soulevé.

Globes de Neige

Le père Noël semblait préoccupé, les yeux rivés sur une petite sphère de verre, observant le chaos à travers sa boule de neige magique. Jeremy, l'elfe en chef, arriva et demanda : "Est-ce que tout va bien, père Noël?"

Le père Noël ne répondit pas immédiatement et demanda : "Sommes-nous prêts pour la distribution des cadeaux?"

"Oui, oui. Dans le magasin, les elfes ouvriers s'activent à tout organiser," répondit Jeremy, toujours soucieux.

Kitty entra en courant, interrompant la conversation, l'air bouleversé.

Le père Noël la salua, "Ho, ho, ho! Que vous arrive-t-il?"

Kitty, à bout de souffle, parvint à dire : "On dirait qu'on va être dans une sacrée pagaille. Et juste quand on pensait que tout était prêt pour une nuit de livraison sans problème."

Le père Noël se replaça sur sa chaise, tendit l'oreille et demanda : "Quelle pagaille?"

Kitty se mit à décrire la situation. "J'étais en train de préparer et déposer les cadeaux un par un dans le grand sac rouge comme d'habitude." Elle fit une pause pour mettre ses souvenirs dans l'ordre et continua son récit.

"N'oubliez pas les cadeaux dans les hangars 287 et 622, nous devons apporter tous les paquets pour les enfants. Nous sommes les lutins du père Noël et nous ne pouvons pas décevoir les enfants."

Jeremy, tapant du pied d'impatience, déclara : "Peux-tu en venir au fait, Kitty? Le père Noël n'a pas toute la nuit."

"Oui, oui, désolée. On était en train de finir de tout préparer. Alors qu'on rassemblait rapidement l'essentiel pour le voyage, deux biscuits par pays, soit un total de 660 biscuits et 165 litres de lait chaud…"

"Kitty! C'est pour ce soir!" Répliqua l'elfe en chef, qui fut aussitôt calmé par la main du père Noël sur l'épaule.

L'air de Kitty s'assombrit quand elle déclara : "J'ai jeté un coup d'œil à la grosse boule de neige du père Noël qui suit son déplacement et… et…"

Voyant la nervosité de son elfe à l'expédition, le père Noël finit la phrase. "Il y a une tempête qui recouvre tout le globe. Oui, je suis au courant."

Le père Noël se présenta sur le quai d'embarquement et s'adressa à ses camarades en soupirant. "On dirait qu'on a une tempête de Noël entre les mains. Le véritable défi commence!"

La tension montait dans le village; on pouvait entendre les murmures d'inquiétude parmi les elfes. Les livres d'histoire relataient de telles tempêtes par le passé. Quoique très rares, elles avaient été identifiées comme des dévoreuses de magie de Noël. Il fut une année où l'humanité fut à deux doigts de perdre la féerie de Noël. Mais le père Noël se voulait rassurant avant de partir pour la tournée.

Plus tard dans la nuit, on écouta le père Noël à la radio : "Chef des elfes, pouvez-vous m'entendre?"

"Oui, je vous entends, Monsieur."

"Pouvez-vous me dire quelle maison visiter ensuite? Je ne vois pas le bout de mon nez ici."

"Oui, allez 3 sud et 5 nord, c'est le dernier village." Alors qu'il descendait, un gros coup de vent arriva, brisant le harnais des rennes et le traîneau parti en vrille. Faisant ainsi tomber tous les présents.

"Oh non!" hurla, le père Noël.

"Que s'est-il passé?" demanda Jeremy.

"J'ai perdu mes cadeaux!"

Kitty répliqua. "Si nous ne livrons pas tous les colis, la tempête va voler la magie de Noël!"

Alors qu'il s'apprêtait à dire ses adieux et que le traîneau allait s'écraser, il ferma les yeux de toutes ses forces.

Une voix familière attira son attention. "Père Noël? On va bientôt être prêts."

Il ouvrit les yeux, le front en sueur. Il était encore assis sur sa chaise à fixer la boule de verre. Jeremy était seul à ses côtés.

"Ce n'était qu'un rêve," pensa-t-il.

Auteur : Tamara Bourgeois

Pour les "Lien & information" sur l'auteur, allez à la fin du livre dans la dernière section.

Suite —

Avec une voix tonitruante, Tempête, penchant la tête, pensa à voix haute. "Tel un mirage dans une tempête de sable. Rien ne subsiste à jamais et tout est illusoire avec le temps."

Apocalypse fronça les sourcils, ne sachant pas où son camarade voulait en venir. L'assistance semblait tout aussi déroutée.

Une seule créature semblait comprendre les propos philosophiques de Tempête et dit : "Je me souviens qu'hier, il en parlait pour demain." Son jumeau Folie ricanait dans son coin, habitué aux discours désorientés dans le temps et l'espace. D'une voix changeant entre deux personnalités, il exprima : "Frère veut ouvrir la porte. Oui, oui, oui, on est catégorique… Il veut son tour!"

(Trouvez le Jour 18 dans le calendrier et allez à la page indiquée)

Jour 25

La Rédemption fit son entrée, invoqué par La Mort elle-même pour cette ultime journée. Son arrivée se fit en silence, sans le moindre bruit, comme une ombre qui glisse doucement entre les échos des événements passés. La tension qui planait dans l'air sembla se dissoudre, apaisant les esprits tandis que l'entité de La Rédemption s'avançait.

Les regards des clients, auparavant crispés par l'incertitude et la déchéance du calendrier, se posèrent sur cette figure jadis oubliée. Les messagers de la Mort, bien que porteurs d'une aura sinistre, semblaient s'incliner en présence de La Rédemption. Une atmosphère de répit et de pardon, commença à envelopper les divinités.

La Rédemption se tint là, au cœur de la pièce, irradiant une énergie qui effaçait progressivement les stigmates laissés par les crânes et la décrépitude du calendrier. Les murmures de soulagement se mêlèrent aux chuchotements de rédemption, formant une symphonie subtile qui marqua la fin de cette journée particulière dans les récits d'Apocalypse.

Elle toucha la dernière case, ouvrant un passage jusqu'ici redouté. Offrant un sourire apaisant en direction d'Apocalypse, elle s'immisça gracieusement par le portail grand ouvert.

Quand la Mère S'en Mêle!

La rédemption se présenta sous les traits de la mère Noël. Tout au long du mois, les pires fléaux avaient jeté la discorde et le chaos dans le royaume du Nord. Dès le premier coup de minuit, disposant ses mains sur ses fortes hanches, elle couvrit le pays dévasté de son regard tendre et maternel. Il ne lui restait que peu de temps pour régler les problèmes qui sévissaient toujours.

C'est dans la confortable chaleur de sa cuisine qu'elle résolut la majorité des situations relevant de la ressource la plus importante, celle des êtres vivants. Avec des gestes assurés par des années d'expérience, elle confectionna un plein chaudron de caramel. Alors que les délicieux effluves se répandaient dans le village du père Noël, les lutins commencèrent à passer la porte. La bonne odeur n'attirait pas qu'eux; tous les amis des étables ainsi que les plus timides de la forêt arrivaient les uns derrière les autres.

Les centaines de tables de l'immense cafétéria se remplissaient rapidement. Les lutins des cuisines s'affairaient à distribuer les tartines et le caramel parmi les convives. Les peurs se trouvaient apaisées dès que leurs palais se délectaient des délicieux produits pleins de sucre raffiné.

Les gens dans tout le pays retombèrent dans l'esprit des fêtes, sauf celui du père Noël. Il restait tant à faire et plus rien n'avait de sens. Toujours aussi sagace, mère Noël vint lui passer ses bras autour du cou.

"Nicolas, tu sais pourtant que la magie de Noël est plus forte que tout !"

"Cette fois, c'en est trop ! Cette créature du mal, ce Lios, il est allé trop loin!"

"Ne lui en veux pas, ce n'était qu'une simple farce !"

Le père Noël laissa échapper un profond soupir de découragement. Depuis des années en fait, depuis les premiers pas de ce démon, il s'était employé à remplir son bas de Noël de charbon. Cet être machiavélique trouvait le moyen de se réjouir de son cadeau. Il l'utilisait entièrement pour réchauffer sa maison en expliquant que le père Noël prenait soin de lui et de sa famille chaque année.

"Il a besoin d'une leçon," cracha-t-il méchamment.

La mère Noël n'avait jamais vu son mari réagir aussi fortement. L'inquiétude la rongeait en le regardant quitter le pays dans son chariot magique. Elle craignait qu'il ne dépasse les bornes avec ce pauvre enfant qu'avait été Lios. Ce dernier ne pouvait pas s'empêcher de jouer des tours, mais elle ne pensait pas qu'il avait de mauvaises intentions.

Le rire tonitruant de son cher Nicolas se répercuta dans le ciel. Il s'était déjà envolé et la mère Noël se précipita dans le bureau de son mari pour l'observer distribuer le peu qu'il avait. Elle écarquilla les yeux en voyant ce qu'il faisait. Rien ne l'avait préparée à cette réaction étrange et elle éclata de rire. Encore une fois, Noël fut sauvé.

Au-dessus de chaque cheminée, un sac de charbon servit à réchauffer les foyers durement malmenés par le fléau qui avait causé tant de dommage aux habitants de la Terre. Pour Lios, un cadeau bien spécial lui fut réservé.

Auteur : Pascale Dupuis Dalpé

Pour les "Lien & information" sur l'auteur, allez à la fin du livre dans la dernière section.

(Continuer pour l'épilogue)

Epilogue

À la conclusion de l'ultime récit, le portail se dissipa, emportant avec lui le calendrier, laissant un vide tangible entre les doigts squelettiques de La Mort qui resta suspendu dans l'attente. Les reflets du bar dansaient comme des étoiles, révélant les visages figés dans une palette d'émotions, gravées dans les méandres du temps.

Apocalypse, la grande conteuse, observait ce tableau éphémère, son regard reflétant l'éclat mystique des étoiles lointaines. À ses côtés, La Peur se cachait derrière une brume d'incertitude, alors que La Destruction arborait un sourire défiant. La Souffrance, telle une brise caressant l'âme, s'était dispersée dans l'air chargé d'agonie.

À l'opposé, La Rédemption, enveloppée dans une lumière douce, s'éloignait avec grâce, laissant derrière elle une aura de réconfort. Les jumeaux, La Folie et La Démence, se tenaient main dans la main, leurs rires discordants résonnant comme une mélodie étrange.

La Mort, dépossédée de son attribut, flottait comme une ombre en suspens. Le Minotaure, gardien du bar, observait avec une sérénité inébranlable, tandis que Baveux, le bouc excentrique, tentait de ramasser sa flasque éventrée.

La Tempête, l'intrépide videur, se tenait prêt à l'action, ses yeux scrutant l'horizon incertain. La Haine et Apocalypse échangeaient des regards pleins de réminiscence, tandis que l'éclat de la magie des fêtes se réfléchissait dans leurs yeux.

Dans ce moment suspendu, le bar restait une toile vibrante où chaque personnage, chaque émotion, chaque énigme continuait de s'entrelacer dans l'éternité des récits cosmiques à venir.

Apocalypse, sentant la promesse d'un nouveau chapitre à l'horizon, salua les habitants d'un geste théâtral. Elle emboîta le même chemin que La Rédemption, laissant derrière elle l'écho des histoires passées et l'anticipation des récits à venir.

"À la semaine prochaine" murmura-t-elle, une lueur de mystère dans les yeux, avant de disparaître dans la brume des possibles.

À suivre…

Liens des Auteurs

Intro - Lios Art

Artiste multidisciplinaire, majoritairement axé sur la peinture et l'écriture, instigateur du projet Spécial Noël et auteur de plusieurs romans, dont :
Série fantasy : L'Oeil du Diamant
Série apocalyptique particulière : Les Dessous
    D'Apocalypse
Érotique sensuel : L'Encre Interdite Et bien d'autres
    ouvrages.
Disponible en : Ebook — Softcover — Hardcover
Amazon- Kobo — Applestore -Etc
Www.Lios-art.com

1 - Josée Doucet

https://www.facebook.com/romanciereparanormal
Ce don, un poison, ma vie!
https://www.amazon.ca/dp/B0CKTBYQ7F?
ref_=pe_3052080_397514860

2- Alain Leclerc

BIBLIOGRAPHIE

Quatre saisons de nouvelles (autoédité, Amazon, Montréal 2023)
On peut aussi retrouver les nouvelles suivantes dans les recueils :
Le cri du silence (collectifs d'auteurs 6000 signes espaces compris, France 2019)
La séance d'hypnose (collectif d'auteurs Sang pour Sang Thriller 2, France 2021)
Les pieds dans le plat (collectif d'auteurs Thriller et Vous 2, France 2021)
La confession (Le Recueil Maudit, Québec 2021)
24 mois seulement! (Le Recueil Maudit 2, Québec 2022)
Sans faire de bruit (Zone 23 — Libérations, France 2023)
Le procès du diable (L'infernale pureté 2, Québec 2023)
Dans un nuage de fumée (Écho de l'imaginaire, Québec 2024)
Alain est maintenant un des Raconteurs officiel d'Allez Raconte! (Sur le web).
On peut y lire :

La valise en trois temps (Gagnant du concours de récits, Allez Raconte! Québec 2020)
La séance d'hypnose (Gagnant du concours Fais-moi peur! Allez Raconte! Québec 2020)
La deuxième condition (Allez Raconte! 2021)

Bientôt disponible :
La furie du monde Un roman (Thriller) qui fera partie d'un projet secret (Québec 2024).

3- Rose Plourde

plourde.rose11@gmail.com

4- Alexys Bourgeois

Je fais ma première parution dans ce Spécial Noël à titre d'auteur participant à l'âge de 15 ans.

5- Joseph Abboud

Bonjour, certains me connaissent comme administrateur du groupe Buffet littéraire, créé par Nancy Boucher, et animateur de lives. Je suis aussi un grand passionné des réseaux sociaux et du monde littéraire, entre autres. En fait, je suis un grand curieux. Ce que vous savez moins, c'est que j'ai des études en journalisme et un peu en cinéma. Ce n'est donc pas la première fois que j'écris, mais c'est la première fois que je suis publié (à part dans un journal étudiant). Je remercie Lios pour la belle opportunité qu'il me donne. C'est une petite contribution, mais c'est le début d'une belle aventure. En espérant que ça vous plaise!

6- Shana P.

Administratrice du groupe Facebook "Les inconnus en librairie! "

7- Didier Roth

http://www.didier-roth.fr/|
http://www.leseditionsdunet.com/livre/catharsys|
http://www.amazon.fr/Rimes-sentiments-
Collectif/dp/B0C9GKXFYQ/ref=sr_1_1?__mk_fr_FR=
%C3%85M%C3%85%C5%BD
%C3%95%C3%91&crid=13TR32I0AV5WH&keyw
ords=rimes+et+sentiments&qid=1700729136&
s=books&sprefix=rimes+et+sentiments%2Cstripbooks
%2C86&sr=1-1|
http://www.amazon.fr/Catharsys-Souvenirs-Roth-
Didier/dp/2312073277|

8- Antony Gallego

– 3 romans à mon actif pour le moment : Le promeneur de l'éternité/Le dernier souffle/04:10
Tous disponible sur amazon

9- Stéphane Desroches

Stéphane "Desch" Desroches "Le concierge-écrivain"

Petite biographie : Écrivain sur le tard, j'ai développé le goût d'écrire en côtoyant quotidiennement des enfants ayant les mêmes problèmes que moi; dyslexie, hyperactivité, trouble du sommeil et un TDAH mal diagnostiqué durant ma jeunesse. J'ai, très jeune, baissé les bras et joué les cancres comiques pour sauver les apparences. Avec la maturité et sous le coup du destin, j'ai pris un Bescherelle et un dictionnaire et j'ai affronté mon problème d'analphabétisme de front. J'apprends encore, chaque jour. Je suis fier de vous présenter mes efforts!

8 livres et beaucoup d'autres en chantier!

Romans actuels :
Créatures insaisissables, Thierry Cloës, 2014
Les enfants de Moloch, Éditions Dédicaces, 2017
La lignée des Heanude (suite des enfants de Moloch), 2022
Le recueil de l'étrange, volume 1, 2 et 3 et version de luxe en "hard cover", 2022
L'empire des damnés, collaboration avec Marie Winter, 2022
La cité mystérieuse, collaboration avec Marie Winter, 2022
Les chroniques de Sheldon Crane, Épisode 1 : "Le Vampire de Drake Mansion", 2022
Lecteurs de romans noir horreur policier des Cool, 2022
La dame du Marais, collaboration avec Marie Winter, 2023
Les chroniques de Sheldon Crane, Épisode 2 : "Le Spectre du Mohican's Scalp Inn", 2023

23 Zone supplications : "Recueil de nouvelles 20 auteurs pour la cause", 2023
Recueil maudit I, II, III

Styles d'écritures :
Horreur
Thriller
Surnaturelle
Fantastique
Fantaisie médiévale
Pour me joindre ou suivre :
deschrichter@gmail.com
https://www.facebook.com/stephane.desroches69
https://www.facebook.com/StephaneDeschDesroches
https://www.facebook.com/stephanedesroches.auteur
https://www.facebook.com/recueildeletrange/

10- Martine Côté

Adresse pour livres :
https://leseditionsdelapotheose.com/boutique/fr/martine-cote-m909/
https://www.leslibraires.ca/auteur/martine-cote-137451
Adresse Facebook :
https://www.facebook.com/martine.coteautrice

11- Jeff Bouchard

Retrouver moi sur Wattpad au nom de JeffBouchard pour lire mes textes

12- Kane Fournier

Mes envies ne se voient pas —
(ou comment peindre un chef-d'oeuvre)
Sortie Octobre 2023 :
https://www.amazon.ca/dp/B0CLYPW7FCref_=cm_sw_r_apa
n_dp_BC1G03CE4TTR0NSH0Z01&language=fr-CA

La vie est… Chaude et froide à la fois —
Sortie Novembre 2023 :
https://www.amazon.ca/-/fr/Kane-
Fournier/dp/B0CM8JTX5W/ref=tmm_hrd_swatch_0_encodin
g=UTF8&qid=&sr=

13- Julien Léon

www.amazon.fr/Julien-
LEON/e/B08Y98WTW9/ref=dp_byline_cont_book_1
https://www.instagram.com/jul13nleon/
https://www.facebook.com/profile.php?id=100067575558969

14- Josée Paquet Lesaffre

https://victoretanais.com/search?q=charat%C3%A9+kat
https://victoretanais.com/search?q=Star+Miaou
Page Facebook :
https://www.facebook.com/joseepaquetauteure

15- Rose Pierson

Auteure de l'imaginaire et de la romance avec une légère tendance à se perdre dans un univers de chaos où les personnages n'ont d'autres choix que d'apprendre à évoluer pour survivre ou grandir.

Livre : Recovery Life
FR : https://www.amazon.fr/Recovery-Life-R-P-ebook/dp/B09BR2FWJG
EN : https://www.barnesandnoble.com/w/recovery-life-rose-pierson/1140053957

Livre : Les Crocs de L'enfer
FR : https://www.amazon.fr/Crocs-lEnfer-Rose-Pierson/dp/B09KMZVBB7/ref=sr_1_1?__mk_fr_FR=ÅMÅŽÕÑ&crid=35KHEFYDBXFZI&keywords=les+crocs+de+l%27enfer&qid=1699682768&sprefix=les+crocs+de+l%27enfer%2Caps%2C71&sr=8-1

Site web : www.rosepierson.com
Instagram : https://www.instagram.com/rose.pierson_/
Facebook : https://www.facebook.com/rose.p.onairs

16- Cathy Gallardo-Leday

www.cathy-gallardo-leday.fr

Éditions Le Lutrin Magique
Romantisme en noir et blanc (poésie)
Nouvelles d'Elles (nouvelles en commun)
La nature est magicienne (nouvelles en commun)

Éditions Gascogne
Le piège du doute (roman) Tome 1
Le feu de la vengeance (roman) Tome 2
Rosa, cœur de pierre (roman)

Collection France Libris
Lilith la maudite (roman) Tome 1
Lilith l'indomptable (roman) Tome 2
Le piège du doute (roman) Tome 1
Le feu de la vengeance (roman) Tome 2
Rosa cœur de pierre (roman)
Romantisme en noir et blanc (poèmes)
Agathe et Yoleine (roman)

Bientôt
Familles ingrates (trois nouvelles)

17- Tamara Bourgeois

Je fais ma première parution dans ce Spécial Noël à titre
d'auteur participant à l'âge de 17 ans.

18- Julie Bourgeois

Je publie mon premier texte dans ce Spécial Noël tout en travaillant sur mon premier roman érotique 18+ intitulé :

L'Admirateur Secret, qui paraîtra en 2024 sur Amazon.

19- Aude Horrorbooks

Facebook : audehorrorbooks
Instagram : audehorrorbooks
TikTok   : audehorrorbooks
YouTube : audehorrorbooks

20- Fabien Cardebook

EDOLIGO production audio livre par clonage et création de voix
https://www.cardebook.net/production-audio-livre
www.cardebook.net
GROUPE CARDEBOOK
contactcardbook@gmail.com

21- Marie Winter

Auteur de trois romans en co-ecriture avec l écrivain Stéphane Desroches.
L empire des damnés
La cité mystérieuse
La dame du marais
L'empire des damnés : Une histoire de Marie Winter et Stéphane Desroches https://amzn.eu/d/39WBmpG
La cité mystérieuse : Marie Winter et Stéphane Desroches
La dame du marais https://amzn.eu/d/7bajL1Q
https://amzn.eu/d/9BAaNGe

22- Nathalie Nogrette

Retours de Lecture
Grâce à sa maman, Nathalie a découvert Stephen King à l'adolescence. Depuis, c'est une fervente lectrice, essentiellement de thriller et d'horreur, mais c'est à partir de 2020, qu'elle découvre les groupes de lectures, en particulier les auteurs québécois. Elle devient beta lectrice de Ludovic Metzker, Pier Davi, Nil Borny, Gabriel C, Lios puis récemment d'Antony Gallego. Elle devient sans s'en rendre compte chroniqueuse "Faiseuse de retours". Elle fait de belles rencontres au fil des salons et des amitiés se créent. Son bonheur le plus grand est de transmettre sa passion à ses filles Aurélia et Élodie ainsi qu' à sa petite fille Jade et bientôt avec son petit-fils Livio.
https://www.facebook.com/leslecturesdeNathalie

23- Nancy Boucher

Mère et gérante de rayon chez Walmart
fondatrice de buffet littéraire
groupe https://www.facebook.com/groups/379227280684948?
locale=fr_CA
et page
https://www.facebook.com/profile.php?
id=100076568865182&locale=fr_CA
animatrice et intervieweuse   bêta-lectrice de deux auteurs
chroniqueuse de tous genre de livres

1 nouvelle (baise explosive dans le livre Toi sang
Moi) https://www.amazon.ca/-/fr/Michael-
Mejean/dp/B0C2RVJLCW
auteur d'un collectif de 30 auteurs dans le livre Barry * plus du
tout disponible*
co-auteur dans les dessous d'Apocalypse 2

24- Pascale Lafrenière

Fais mes débuts dans le Spécial Noël comme première
parution.

25- Pascale Dupuis Dalpé

Auteure de roman d'aventures, de suspense, de Science-fiction
et de policier.
Pentalogie de Licorneum (dernier tome en 2024) ONI :
L'anomalie de la mer Baltique ONI : Huis clos
Pâté pour Chien
www.pascaledupuisdalpe.com

Les 25 Auteurs participants en ordre de texte lié au jour du calendrier.

Intro & l'avant et l'après des histoires Lios Art ©
1- Josée Doucet
2- Alain Leclerc
3- Rose Plourde
4- Alexys Bourgeois
5- Joseph Abboud
6-Shana P.
7-Didier Roth
8- Antony Gallego
9- Stéphane Desroches
10- Martine Côté Autrice
11- Jeff Bouchard
12- Kane Fournier
13- Julien Léon
14- Josée Paquet Lesaffre
15- Rose Pierson
16- Cathy Gallardo Leday
17- Tamara Bourgeois
18- Julie Bourgeois
19- Aude Horrorbooks
20- Fabien Cardebook
21- Marie Winter
22- Nathalie Nogrette
23- Nancy Boucher
24- Pascale Lafrenière
25- Pascale Dupuis Dalpé
Épilogue - Lios Art

Conception et Écriture de l'univers
Des Dessous D'Apocalypse & Illustration par :

Lios-Art © (Aka : L. Bourgeois)

www.Lios-art.com

Admin@lios-art.com